Bi Tirga

Bi Tirga

Emmanuel Kouraogo

Langaa Research & Publishing CIG
Mankon, Bamenda

Editeur:
Langaa RPCIG
Langaa groupe d'initiative commune en recherche
et publication
B.P. : 902 Mankon, Bamenda
North West Region
Cameroon
Langaagrp@gmail.com
www.langaa-rpcig.net

Distribué hors de l'Amérique du Nord par African Books
Collective
orders@africanbookscollective.com
www.africanbookscollective.com

Distribué en Amérique du Nord par Michigan State
University Press
msupress@msu.edu
www.msupress.msu.edu

ISBN: 9956-578-80-0

DECHARCHE DE RESPONSABILITE

Les noms, personnages, lieux et faits dans ce livre sont soit le produit de l'imagination de l'auteur soit une fiction. Par conséquent, toute ressemblance à des personnes mortes ou vives, des évènements, ou des endroits réels est une coïncidence absolument incroyable.

Sommaire

Dédicace

À tous les ouvriers de mon pays. À tous les travailleurs organisés ou non organisés, à toutes les composantes de mon peuple, je dédie ce fruit de mon imagination.

Préface

L'univers de Bi Tirga, personnage central de ce roman, est fait de scènes à la fois ordinaires et osées, certaines sont mêmes assez surprenantes.

Le lecteur qui s'y engage cédera difficilement à toutes sollicitation extérieure, à une quelconque envie de suspendre pour toute autre activité. Il faut le dire d'emblée le récit est captivant. Chaque épisode entamé vous entraîne dans ce pan de l'histoire d'un jeune africain qu'on peut qualifier d'exemplaire , et peut être servir de « modèle » pour la jeunesse du 21ème siècle qui se cherche des repères. Même si Bi Tirga, personnage de roman, n'est pas un garçon de chair et de sang, l'imagination et l'expérience d'Emmanuel Kouraogo, conseiller pédagogique de l'enseignement secondaire, sont aller puiser dans des réalités sociales actuelles pour bâtir l'identité fictionnelle de ce garçon droit, de ce « Bi Tirga ».

Naître dans un petit village et avoir la chance d'aller à l'école moderne, c'est ainsi que commence cette belle histoire de jeunesse, d'amour et d'expérience concrète de la vie. Malgré ses qualités humaines, honnêteté, sincérité, courage et ardeur au travail ce jeune paysan va devoir interrompre ses études comme hélas tant d'autres enfants encore pour se lancer dans une tumultueuse vie active d'ouvrier de brasserie. Le récit se termine, le lecteur en conviendra aisément, en beauté même si notre jeune homme vu son âge est sensé devoir se confronter encore dans sa vie à un monde semé d'embûches. En dépit de ces incertitudes du lendemain l'avenir s'annonce beau et radieux pour le jeune couple qu'il a fondé malgré le fait que sa jeune épouse ne manque pas de qualités morales et physiques mais qui n'a pas bénéficié des mêmes « chances » que son époux. Mais l'auteur, qui parle aussi par eux, leur a donné un socle moral et social pour affronter l'adversité de la vie à venir…

Ce livre découpé de 19 chapitres peut tenir lieu d'instrument d'éducation pour tous dans des sociétés en pleine mutation. J'y ai vu, quant à moi, retracé l'histoire de vie de nombreux jeunes africains happés par la vie moderne, confrontés à de nouvelles difficultés mais qui avec force et courage tracent un nouvel avenir.

Au terme de cette captivante lecture j'en arrive au même point que Georges Duhamel : « À la réflexion, la route et le but s'identifient. Le bonheur n'est pas que la fin, la raison de la vie, il en est le ressort, l'expression, l'essence. Il est la vie même ».

Alors Merci à Emmanuel Kouraogo de nous rappeler, à travers « Bi Tirga », la forte exigence humaine du bonheur qui advient toujours comme le résultat d'une conquête.

Sagado Nacanabo

Introduction

Combien de gens jugés sans importance, d'honnêtes hommes et femmes de chez nous, ont connu une vie dure et une mort sans bruit, dans le silence de leur droiture, et dans l'espoir d'une vie meilleure ? Par masses innombrables, ceux qui vivent toujours connaissent le même sort, comme dans l'esclavage de père en fils, et mènent le même combat quotidien pour la vie, pour la survie… Comment le mènent-ils ? Seuls ou avec qui ? Contre quoi ou contre qui ? Voici des questions qui méritent d'être posées tous les jours.

La vie des petites gens est souvent faite de larmes et de souffrances de toutes sortes. De nos jours, elle est écrasée par un système politique, économique et social sans pitié, qui règne sur le monde entier. Connu sous le nom de « capitalisme » et « d'impérialisme », ce système est de nos jours appelé « économie de marchés », « libéralisme » ou « mondialisation » et veut forcer tout le monde à penser et à agir de la même façon, comme le veulent les puissances d'argent. Ce système aggrave la vie des ouvriers, des paysans pauvres, des artisans, des petits commerçants, des élèves et des étudiants. Mais quoique difficile, cette vie est aussi faite de courage, d'humanisme véritable, d'amour, de solidarité et de dignité sans faille, héritage de nos valeureux ancêtres.

Léonard Bitirga, ouvrier d'usine, fils d'un paysan pauvre, qui habite un quartier populaire de la ville de Kira est, pour de nombreuses personnes de notre pays, un cas à la fois fréquent et extraordinaire. Jugeons-en en lisant sur dix neuf chapitres, le chemin que ce jeune homme a parcouru depuis l'école primaire jusqu'à sa vie d'ouvrier d'usine.

I

...

Sept mille cinq cent huit : Bitirga Léonard ! Avec une voix forte, c'est par ces mots que monsieur le Président du jury d'examen numéro vingt trois proclame l'admission de Léonard au certificat d'études primaires (CEP), certificat qu'il a préparé pendant six années de scolarité sans redoubler une seule fois sa classe. L'effort de l'enfant vient d'être récompensé. Léonard vit avec ses parents à Saint Dénis, un quartier lointain, situé à la sortie de la ville de Kira. À l'école B de ce quartier, il est parmi les meilleurs élèves de sa classe. Pourtant sa vie en famille est difficile : manque d'argent et de nourriture, durs travaux, etc. Le jeune élève, habitué au travail et à la souffrance, résiste à l'école, et sa moyenne en classe dépasse celle des élèves aux parents plus riches. C'est cet effort qui vient de lui donner le CEP.

Pour le moment, l'appel de son nom parmi les admis n'a pas d'importance pour lui. Il le savait car il a bien travaillé. C'est sur le chemin du retour à la maison que peu à peu sa joie augmente : la joie d'obtenir son diplôme et aussi celle d'aller au collège. Enfin il va ressembler à son cousin Ousmane qu'il voit revenir en vacance. Il veut être comme lui dans ses comportements de jeune collégien… Comment est la vie au collège ? Comment sont les maîtres ? Comment enseignent-ils ? Qu'est-ce qu'on apprend là-bas ? Léonard le saura bientôt, car son oncle David a promis de lui trouver une place au lycée communal de Kira, un lycée situé à une dizaine de kilomètres de chez eux vers le centre-ville. Il annoncera fièrement la nouvelle à ses parents.

Père Bitirga, comme chaque jour, travaille beaucoup dans ses champs situés à douze kilomètres de là, dans le bois de Tengandé. Ce bois, aujourd'hui occupé et défriché partout, était, dit-on, fréquenté par un serpent sacré qui protégeait les habitants du village. Sur une surface d'environ cinq hectares, le vieux Paul Bitirga cultive chaque année du mil, de l'arachide, du maïs et du riz. Il est vieux de soixante ans, mais continue toujours de gratter le sol dès la tombée des premières pluies. Très tôt le matin, on le voit se diriger vers Tengandé, assis sur une vieille charrette tirée par son âne, son fidèle compagnon de route. Il ne revient que tard le soir, chargé de bois de chauffage pour la cuisine. Il est parfois accompagné par son fils Albert, le petit frère de Léonard qui ne fréquente pas l'école. Ses deux fils, Gaston et Henri, aujourd'hui devenus des hommes, sont allés depuis sept ans pour chercher de l'argent à Salanda, un pays voisin. Depuis lors, la famille est sans nouvelle d'eux. Leur mère Sabine a beau faire des commissions à des voyageurs, leur père a beau envoyer faire des communiqués radio dans ce pays voisin… rien à faire ! Les deux jeunes sont restés muets. Si seulement ils sont toujours en vie !... Que sont ils devenus ?... Ont-ils des femmes et des enfants ? Où sont-ils et que font ils ? Cette foule de questions toujours sans réponse, Sabine se les pose chaque soir au coucher, puis les larmes aux yeux, elle s'endort. Elle sombre dans un sommeil lourd de plomb, lourd de ce silence cruel dont sont faites les nuits de Kira. À cinquante six ans, elle est maintenant fatiguée. Elle a vécu sans connaître de repos depuis qu'elle est jeune fille, puis femme de paysan pauvre. Depuis son jeune âge, les journées passent et se ressemblent les unes aux autres. Chaque jour, c'est la même chose : les mêmes personnages, le même paysage, les mêmes travaux. Si ce n'est pas puiser de l'eau, c'est piler du grain, balayer la cour, vanner, cuir du repas familial dans un épais nuage de fumée. Et la nuit tombe, et le jour se lève, puis ça recommence …

sans aucun espoir de changement ! Jusqu'à quand ? Peut-être jusqu'à la mort ? Questions difficiles à répondre ! Seule la présence de ses deux enfants, Léonard et Albert, et de son vieux mari, l'encouragent. Ce dernier la comprend dans ses peines et l'aide dans certaines tâches comme le transport de bois. Pourvu que les deux petits aussi ne décident pas un jour de s'en aller ! Prie-t-elle chaque jour. Elle demande de temps en temps à Solange, la fille de son grand frère Joachim, de venir l'aider. La famille de Solange habite non loin de Saint Dénis, vers le centre-ville.

Sabine est en train de coudre de vieux habits lorsque Léonard arrive en souriant.

- M'man, je suis admis au CEP, j'irai au lycée !

- Comment le sais tu mon fils ?

- Ils viennent de donner les résultats et j'ai entendu mon nom.

- Dieu merci ! Tes efforts n'ont pas été inutiles. Ton père sera content de toi quand il viendra.

Le climat triste de chaque jour devient plus joyeux chez les Bitirga, et les voisins, les amis, les parents, viennent féliciter le petit Léonard. La nouvelle de l'admission de son fils efface pendant quelques temps les rides sur la figure du vieux Bitirga à son retour de Tengandé. Il décide de servir à la famille un bon repas. Il fait attraper deux poules et dit à Albert de les plumer. Il envoie sa femme acheter un bidon d'alcool et des condiments pour préparer une très bonne soupe. C'est un jour de fête qui ne vient pas souvent. Si ça pouvait continuer comme ça ! pense Albert, après avoir bien mangé…

II

La rentrée de cette année est difficile au lycée communal de Kira. Elle est annoncée pour le premier octobre, mais jusqu'au dix de ce mois, les cours n'ont pas encore commencé. Les emplois de temps ne sont pas encore clairs ; certains professeurs ne sont pas encore là, et les inscriptions d'élèves continuent. Les salles ont été réparties et quelques professeurs se sont présentés, mais aucun d'eux n'a encore commencé ses leçons. Devant le secrétariat du proviseur, on voit du matin au soir une longue file de parents d'élèves venus pour demander de la place pour leurs enfants. Devant le bureau de l'économe, sont alignés tous ceux qui ont obtenu une place et qui viennent pour payer les frais de scolarité. Léonard a fini avec toutes ces étapes grâce à son oncle David. Celui-ci, qui s'est occupé entièrement de l'inscription de l'enfant, n'a pas demandé de l'argent à son père pour sa scolarité. David, vieux cadre de son Etat, a une famille nombreuse. Comme beaucoup de fonctionnaires du pays, il a de très nombreuses charges qui l'empêchent de vivre comme il le voudrait: en plus des besoins de sa propre famille, il héberge et nourrit dans sa famille deux jeunes élèves de parents éloignés, et doit prendre en charge la scolarité de Léonard. S'il ne le fait pas, celui ci risque d'être abandonné, car ses parents n'ont rien pour payer sa scolarité. David a pu construire un grand bâtiment de six pièces à Kira et, dans la même cour, une dépendance de trois chambres où habitent les jeunes ; ceci, grâce à une succession de plusieurs crédits bancaires que le vieux fonctionnaire a souffert pour rembourser. Depuis plus de trente ans de service, il se déplace toujours sur sa vieille mobylette, qui sert à beaucoup de gens dans la famille. L'engin passe fréquemment chez les mécaniciens sans retrouver un fonctionnement normal, car toutes les pièces sont usées et le moteur « fatigué ». Le salaire de David connaît de multiples coupures : crédits, impôts, assurances, etc. et avec le reste de l'argent, il faut qu'il calcule beaucoup chaque mois pour pouvoir nourrir sa famille. Il a tenté l'un après l'autre de faire un champ hors de la ville de Kira, de gérer un café, une buvette, puis d'élever des poules. Sa femme, quant à elle, qui n'a pas de salaire, se débrouille dans le petit commerce de beignets, de poissons, de fruits et légumes. Mais tout cela ne suffit pas pour combler le manque à gagner. Et ce manque à gagner s'aggrave d'année en année avec les augmentations rapides des prix et les mauvaises saisons. D'ailleurs, ayant confié à des enfants la gestion de ses « à côtés », il est plusieurs fois découragé. Ces enfants sont des jeunes au chômage qu'il a voulu récupérer dans la grande famille Bitirga, mais seul Mamadou qui s'occupe actuellement des poules semble sérieux. Les autres qui l'ont précédé ont, soit mal fait le travail, soit volé de l'argent, ce qui a obligé David à fermer le café et la buvette. Ces mauvais comportements des enfants ont même provoqué une petite brouille entre David et leurs parents. Ceux ci, sans chercher à connaître la vérité, ont cru aux mensonges de leurs enfants sur David. Mais fort de son expérience de la vie, le vieux fonctionnaire n'en est pas trop fâché. Il se comporte comme il peut dans sa grande famille, fait comme il faut son travail de fonctionnaire, dans lequel il forme de jeunes stagiaires. Il répond sans manquer à toute obligation sociale dans son village : participation à des mariages, à des baptêmes, à des funérailles, à des enterrements, à des réunions pour régler des problèmes de famille, etc. Depuis de longues années, il est le bon fils, le bon père, l'oncle, ou le grand-père sur qui on peut compter. Il est respecté par tout le monde dans sa grande famille, et son avis compte sur tout ce qui se décide là-bas. C'est pourquoi David ne perd pas son temps à s'occuper de mauvaises querelles que lui cherchent des personnes non reconnaissantes comme les parents de ces enfants.

À coup de sacrifices, le vieux fonctionnaire paie pendant trois ans les frais de scolarité de Léonard. Il a même aidé père Bitirga à lui trouver des fournitures et un vieux vélo, pour qu'il n'aille pas en retard en classe. Touché par ces gestes de solidarité qui ne se rencontrent plus souvent, Paul Bitirga n'a rien à lui offrir en retour. Il maudit sa pauvreté et s'en remet à Dieu pour lui préparer une récompense. De son côté, Léonard fait tout pour satisfaire ses parents et son bon oncle. Il trouve toujours des occasions favorables pour aider David. Pendant les visites qu'il lui fait presque toutes les semaines, il s'occupe de certaines courses pour le libérer : achats divers, paiement des factures d'eau et d'électricité, transport pour réparation de vieux matériel, etc. Au lycée en classe de sixième, son travail a baissé car tout est nouveau pour lui. Mais il a pu avoir une note suffisante pour passer en cinquième, puis en quatrième, et est même en cette fin de premier trimestre au-dessus de la moyenne.

Tout semble bien aller pour la famille Bitirga lorsque, un jour qu'il est venu la voir comme d'habitude, David annonce son départ à la retraite dans six mois. Il l'a déjà dit aux parents des deux jeunes gens qui sont avec lui, pour qu'ils ne soient pas surpris par sa nouvelle situation. Il n'aura qu'une pension tous les trois mois, c'est-à-dire seulement une petite partie de son salaire. Cette pension ne lui permettra plus de prendre en charge tous les enfants. Léonard est aussi concerné et son père doit se préparer…se préparer ? Comment ? , alors qu'ils ne mangent même pas à leur faim ? Il faut trouver quelque chose pour épargner.

Certains soirs, après le repas, pendant que Léonard étudie dans sa chambre et que le petit Albert est endormi, le vieux Bitirga discute du problème avec sa femme. Ils cherchent tout ce qu'ils pourraient faire pour gagner un peu plus d'argent.

Le petit commerce ? Il faut beaucoup d'argent pour commencer ce travail, et les Bitirga ne peuvent pas l'avoir.

La culture du coton ? Une société appelée Société de Production et de Commercialisation du Coton aide les paysans à produire du coton, et l'achète pour revendre à l'extérieur du pays. Le gouvernement soutient beaucoup cette société. La SPCC donne à crédit des engrais, des produits contre les parasites, et du matériel pour cette culture. Paul connaît un paysan qui a gagné beaucoup d'argent avec la culture du coton. Mais beaucoup de ceux qui s'y sont lancés ont été ruinés cette année. Avec la mauvaise saison, les récoltes sont maigres. Même ceux qui ont mieux récolté ont vu le coton pourrir dans les champs à cause des lenteurs de la SPCC. De plus, leur coton a été mal acheté par la même société. Conséquence : ils ont des difficultés à rembourser les crédits. Ils sont endettés et n'ont pas de quoi acheter des vivres, alors qu'ils n'ont pas cultivé suffisamment de céréales. Ils n'ont rien pour les autres besoins de leurs familles : soins, vêtements, scolarité des enfants, etc. Et il paraît que le coton appauvrit beaucoup les sols… Non ! La culture du coton n'est pas la solution.

L'élevage ? Ils n'ont pas suffisamment d'argent pour acheter des animaux pour cela. La famille pourrait se sacrifier pour avoir trois moutons, mais c'est insuffisant. À moins d'emprunter de l'argent pour en acheter deux autres… le petit Albert peut les garder. Au bout de quelques mois, les brebis donneront des petits…Oui. Cette fois les Bitirga semblent trouver une solution au problème. C'est l'élevage de moutons qu'ils peuvent faire. Pourvu que Dieu nous donne la santé ! pense le vieux paysan. Il doit profiter de cette saison pour économiser un peu d'argent…Les premières pluies commencent à tomber…

Paul demande à un parent éloigné et obtient un prêt de vingt cinq mille francs avec lesquels il achète une brebis et un bélier pour renforcer son petit troupeau. Il obtient en plus, de ce parent solidaire, un délai d'une année pour rembourser la somme. Si le petit s'occupe bien des moutons, il pourra rembourser la dette, et même payer les frais de scolarité de Léonard.

En fin d'année scolaire, le jeune collégien est cinquième de sa classe avec une moyenne annuelle de treize sur vingt. Les appréciations des professeurs et des surveillants sur sa conduite sont bonnes. Ses parents et son oncle David sont satisfaits de son travail et l'encouragent à continuer ainsi. Mais les qualités morales de Léonard ne s'arrêtent pas à l'école. Pendant les grandes vacances, il reste à côté de ses parents pour les soutenir dans leurs occupations. Il va avec son père chaque jour au champ ; il n'est pas paresseux. De retour à la maison, il coupe du bois en morceaux pour sa mère, puise de l'eau pour elle, ou encore lui apporte du grain au moulin. Dès les premiers jours des vacances, il demande toujours à son père une daba pour la culture des champs, et cherche aussi une ligne pour aller à la pêche les dimanches avec son ami Sylvain. Après la messe du dimanche, Léonard et son ami vont tous deux pêcher au grand barrage situé à huit kilomètres de Kira. Ils se promènent dans le bois, mangent quelques fruits sauvages en attendant que les flotteurs plongent dans l'eau du barrage. Les autres jours, Léonard travaille beaucoup aux côtés de son père. Chaque jour, vers six heures du matin, puis vers dix sept heures en sens inverse, on voit avancer à petite vitesse sur le chemin sinueux et caillouteux de Tengandé, la petite caravane toujours composé dans le même ordre : l'âne tirant la charrette avec le vieux Bitirga, suivis d'un troupeau de cinq moutons surveillés par Léonard et son petit frère qui ferment la marche. Léonard ne ressemble pas à certains jeunes qui vivent dans la ville de Kira, qui ont des parents pauvres comme lui. Aussitôt finis les jours de classe, ces derniers passent le plus clair de leur temps dans les cafés, dans les clubs de thé, dans les salles de jeux, les super marchés, aux abords des magasins bourgeois, ou dans des salles de projection vidéo où ils cherchent des films pornographiques. Ils tournent en rond derrière les filles (ou les jeunes gens, c'est selon) qu'ils attirent dans des groupes de « jeunes branchés » où musique à la page, tenues « sexy », coiffures « hip hop » et excitants forts comme l'alcool et la drogue sont de règle. Ces jeunes, n'étant pas habitués à réfléchir à leur avenir et aux grands problèmes de la vie, ignorent les saines activités telles le travail manuel, la pratique des sports, des activités culturelles, artistiques et scientifiques, la lecture de journaux qui informent et de livres qui cultivent, les sorties et visites saines, la participation à des associations de jeunes à caractère social… Quand ils vont dans les « cyber-café », c'est surtout pour y rechercher des images pornographiques ou des adresses de correspondants pouvant leur donner de l'argent. S'informer, réfléchir à leurs propres problèmes et aux problèmes du pays ne les préoccupent pas. Tout leur effort personnel s'oriente vers l'objectif suivant : comment gagner de l'argent pour faire la « belle vie », sans travailler? C'est vrai que le jeune Léonard est encore sans expérience, mais il résiste à toutes les mauvaises tentations de certains groupes qu'il voit dans la ville…

Au bout de quelques mois, trois jeunes brebis sont nées dans le troupeau de moutons et le vieux Paul prend personnellement soin d'elles tous les jours. Il y a de l'espoir pour la famille Bitirga. Mais elle ne connaît pas le malheur qui allait la frapper quelques jours plus tard.

Une nuit, pendant que tout le quartier Saint Dénis est endormi, que les Bitirga, fatigués du travail écrasant de la journée se tournent et s'étirent dans leurs lits, le vieux Paul est réveillé par un bruit provenant de la case des moutons. Il croit que ce sont les béliers qui s'agitent et il se rendort. C'est quelques temps après qu'il réalise le danger. Il s'élance hors de sa chambre pour voir les animaux…Trop tard ! La grande porte est entrebâillée, la petite porte d'entrée des moutons ouverte et il remarque qu'il manque les deux mères brebis et le plus gros bélier, celui-là même qu'il a acheté avec l'argent emprunté. Il comprend qu'il a été visité par des voleurs. Il réveille sa femme et Léonard pour les mettre au courant du vol. Puis, avec sa lampe torche, il éclaire, et regarde partout autour de la maison…Aucune trace ! Le lendemain matin, un voisin mis au courant déclare avoir entendu des pas se diriger vers Tengandé. Un autre, que l'aboiement persistant de son chien a réveillé, indique une autre direction que le chien regardait en aboyant. Paul, accompagné de son fils Léonard prend contact avec le commissariat de police du troisième arrondissement dont relève le quartier Saint Dénis, pour déclarer le vol. Ils demandent à la police de venir faire un constat rapide pour y relever peut-être quelques traces ou empreintes pour ses enquêtes. La police demande d'acheter de l'essence pour le véhicule, faute de quoi elle ne peut pas venir. Les malheureuses victimes, incapables de trouver de l'argent pour le carburant, se contentent de faire enregistrer la plainte, et repartent le cœur serré. David, informé de l'événement, vient deux jours plus tard chez Paul pour l'encourager. Ils engagent une longue discussion.

Nous ne sommes pas en sécurité malgré la présence de la police, commence le vieux fonctionnaire.

C'est vrai, et la police ne nous aide pas à lutter contre les voleurs, ajoute Paul. Et il poursuit :

David, si tu avais vu comment les policiers nous ont reçus ! Avec paresse et un manque de sérieux !… C'est tout juste s'ils ne nous ont pas chassés… Je ne peux pas comprendre qu'un service de sécurité publique demande du carburant à des victimes d'un vol pour faire son travail.

Sais tu que le grand bandit qu'on appelle "le caïd", qui menace les familles et vole les biens des voyageurs, a été libéré ? Il avait été condamné en décembre passé. Des gens disent qu'un grand du pays est venu le faire sortir.

Que dis tu ? Il s'agit de celui dont le nom avait été cité à la radio et dans les journaux?

C'est bien lui, Paul. Il avait été condamné à deux ans de prison ferme mais il n'en a même pas fait la moitié.

Ces comportements des grands et de la police encouragent les bandits. Comme ceux-ci savent maintenant qu'ils ont de l'appui et que nous sommes sans secours, ils n'ont plus peur de rien. Je comprends pourquoi parfois les gens s'entendent pour les tuer avant l'arrivée de la police.

Ca aussi, c'est dangereux, tout comme ce que les forces de sécurité font parfois : ils tuent et jettent les cadavres dans la rue pour que les gens regardent. Ce n'est pas du tout bien. Je pense que les associations et mouvements des droits humains ont raison de condamner ces comportements parce que : premièrement, ils ouvrent la porte à des règlements de compte et à toutes sortes d'abus ; deuxièmement, ces tueries sont contraires à la Déclaration universelle des droits de l'Homme que tous les pays ont signée, qui interdit à quiconque d'ôter la vie d'un humain ; troisièmement, ce mode de règlement du fléau cultive la loi de la jungle (les plus forts tuent les plus faibles), car on retire à la justice son droit et son devoir de s'occuper du problème ; enfin, ces comportements ne découragent pas les délinquants ; bien au contraire ! Par esprit de vengeance, eux aussi, ils tuent pour un rien.

Tout ça est bien dit mon cher David ; mais que font ces malfrats ? Ils volent, violent et tuent et la justice ne peut rien faire. Ils ont parfois une bonne couverture dans le mal qu'ils font. Comment éviter qu'ils continuent de courir pour tuer et voler les honnêtes citoyens ? Si on les livre à la police, ils y trouvent un lieu sûr où se cacher. Ils sortent toujours et reprennent leur sale travail.

D'accord. Mais te rappelles tu du jeune homme que les gens du quartier Daporé avaient abattu une nuit à côté du canal ? Il avait volé de vieilles tôles pour couvrir le toit de sa mère, une veuve sans aucun soutien. Le jeune, sans travail, avait dit à ses bourreaux qu'il ne savait pas où trouver des tôles et les premières pluies étaient proches. Il avait demandé pardon mais ces derniers ne l'avaient pas écouté. Toi-même tu avais pitié de lui. C'est vrai que voler n'est pas bien et doit être puni. Mais que fait notre société pour qu'il n'y ait plus ces cas de vol « par nécessité » ? Il n'y a que des juges qui sont libres de leurs opinions et de leurs mouvements, de vrais juges, qui peuvent examiner cas par cas ces situations après de sérieuses enquêtes, pour trouver les punitions qu'il faut leur donner. Ce ne sont pas des gens ordinaires comme toi et moi, qui n'ont pas étudié la loi, qui se laissent facilement entraînés par la colère, qui doivent régler ces problèmes.

C'est vrai ce que tu dis… Tu me fais même penser à une chose : notre monde est injuste. Il y a des grands voleurs, des gens puissants qui volent et qui tuent sans être punis. La police et la gendarmerie ne peuvent pas les arrêter ; même les juges ne peuvent pas les convoquer. C'est à eux que les justiciers coléreux devaient s'en prendre d'abord, avant les petits délinquants.

Et comment la société peut-elle éduquer ses propres produits que sont les délinquants, si elle laisse continuer toutes ces injustices ?...

Ils ne se rendent pas compte qu'il est tard, et continuent de causer pendant un moment avant de se séparer.

Désormais, les nuits du vieux Paul sont tourmentées par les multiples problèmes qu'il a à résoudre. Il consacre plus de temps à la prière à l'église pour demander de l'aide à Dieu; sa femme Sabine le console en promettant que les choses vont s'arranger. Mais tout cela n'arrive pas à calmer sa peine. Il maigrit rapidement.

De son côté, Léonard, mis au courant du départ à la retraite de son oncle David, s'inquiète pour ses études. Il ne connaît pas encore les soucis que ce problème cause à ses parents. Il ne sait pas que ce que les voleurs leur ont pris était consacré à la résolution de ce problème.

À la rentrée d'octobre, la situation des Bitirga n'est pas meilleure. Celle de David aussi s'est compliquée. Que faut-il trouver pour réinscrire Léonard et lui acheter des fournitures ? Les récoltes ne sont pas suffisantes pour cela. Ils ne peuvent plus demander de l'aide à David. Et l'argent emprunté qu'il faut rembourser?...Les parents de Léonard ont demandé de reporter le délai du paiement des frais de scolarité, mais même après ce délai, il n'y a rien à faire, et l'enfant est chassé deux fois de sa classe par les surveillants.

Dans sa chambre, Les deux coudes sur sa table, le jeune Léonard se pose et se repose la question : Comment continuer mes études ? Deux larmes silencieuses et limpides se mettent à perler dans ses yeux, puis grossissent et coulent sur sa figure innocente caressée par la douleur.

III

Dix décembre. C'est le jour de la composition de fin du premier trimestre au lycée communal de Kira, et Léonard n'est pas au rendez-vous. Il est expulsé depuis le vingt six novembre pour non paiement de frais de scolarité. Sur le grand cahier de la classe de troisième B, il est écrit « abandon » en face de son nom. Dix autres élèves sont dans la même situation que Léonard.

Le vieux Bitirga et sa femme ont cherché et recherché en vain la solution du problème. Coincé entre sa misère et les pleurs de son enfant, le vieux Paul a passé trois semaines à marcher. Il est même allé voir le curé de la paroisse Saint Dénis pour lui parler de la situation qu'il vit, et lui demander de l'aide. Je n'ai rien pour toi. Il faut redoubler de prière, le Seigneur ne refuse rien à ses enfants, lui a-t-il conseillé, avant de le quitter. Ces mots ont sonné aux oreilles du vieillard comme des coups de bâton. Il ne s'attendait pas à cette réaction du curé, surtout pas vis-à-vis de lui Paul, qui est si dévoué aux travaux de la paroisse ; lui qui ne manque à aucune obligation religieuse, qui ne manque pas à la messe du dimanche, et qui passe beaucoup de temps à prier et à jeûner... Il était pourtant sûr que le curé pouvait lui venir en aide pour sauver la scolarité de son enfant. À ses yeux, le curé ne manque de rien : il circule avec une voiture de luxe ; il aide des personnes qu'il connaît, comme le boutiquier Rémi, ami du curé, à qui il donne de l'argent et du matériel pour ses affaires commerciales ; il y a aussi la fille du vieux Jacques, catéchiste de la paroisse : le curé est toujours avec la fille et il paye ses études au collège. Se peut-il qu'il ne puisse rien faire vraiment ? se demande Paul, retournant chez lui, les mains vides… Après tout c'est un homme de Dieu, donc il mérite le respect , se dit-il.

Léonard, découragé par la fin, trop tôt, de ses études, est resté plusieurs fois à pleurer seul dans sa chambre. Il est surtout marqué par le fait qu'il était parmi les meilleurs élèves de sa classe. Son père l'encourage chaque jour en disant : Ne t'en fais pas mon fils, tout va s'arranger. À vrai dire, le vieux Paul ne sait pas de quelle façon une telle situation pourrait s'arranger. Le jeune homme maudit le système scolaire qui ne permet pas aux enfants des pauvres d'étudier jusqu'à la fin. Mais il décide avec courage d'adapter sa vie à sa nouvelle situation. Ses parents ne lui avaient-ils pas maintes fois répété que la vie est un combat, et que l'avenir se construit dès l'enfance ? Il va appliquer ce sage conseil et ne pas céder au vice et à la facilité. Il décide d'organiser autrement ses activités. Il continuera à aider comme il le peut ses deux parents. Il demandera à lire beaucoup de livres scolaires et des romans pour maintenir et même améliorer son niveau de français. Il demandera à son cousin Ousmane des anciens cahiers et livres de sciences pour s'exercer. Il guettera des annonces de concours ou d'offres d'emploi. Il pourra parallèlement tresser et vendre des chapeaux en paille, et des jouets d'enfants faits avec des tiges de mil, pour gagner un peu d'argent. Il avait appris à fabriquer ces objets avant l'âge de huit ans. Ainsi il n'aura pas à demander de l'argent pour ses petits besoins et, si ses produits se vendent bien, il pourra même en garder un peu et, de temps en temps se payer des distractions : fréquentation de marchés, de cinémas, achat de romans, etc. En attendant, il faut se mettre à la tâche. Il parle de son projet à ses parents et obtient leur encouragement. Ainsi, le jeune Bitirga entre dans la production avant l'âge adulte. Certains jours comme aujourd'hui, il cultive le ventre creux, car le repas qu'ils ont emporté est insuffisant. Arrachant de sa pioche les hautes herbes, le jeune garçon sue à grosses gouttes. Par moment il regarde son père et le petit Albert également au travail. Il surprend une fois le vieux Bitirga, son pauvre père, debout, fixe, à le regarder sans rien dire, en hochant la tête de droite à gauche. Le jeune homme lit la tristesse et la désolation dans les yeux de son malheureux père.

Dans le quartier Saint Dénis, Léonard fait la fierté de la famille Bitirga. Il travaille bien au champ à côté de son père à la maison, il aide sa mère. Il ne se plaint jamais d'un travail que lui donne son père ; il respecte les personnes âgées et n'hésite pas à les décharger de leur colis; il les aide à descendre de leur vélo; il se lève pour leur donner un siège pour s'asseoir, et fait parfois une course pour eux. Ces comportements exemplaires attirent sur lui l'estime et les bénédictions de tout le quartier. Certaines vieilles femmes viennent offrir à sa mère des condiments et des légumes pour préparer un plat pour lui. Le vieux Paul entend de bonnes paroles sur l'enfant, et il en est content. Béni soit Dieu de m'avoir donné un fils comme Léonard ! se répète-t-il souvent. Si ses deux fils partis à Salanda avaient été comme lui, ils ne seraient pas aujourd'hui dans cette misère.

Au bout de quelques semaines, la chambre de Léonard commence à se garnir de nouveaux objets : des chapeaux pour adultes, des voiturettes, camions et avions pour enfants, faits avec des tiges de mil… Quand le dimanche, il est avec son ami Sylvain à la pêche, il tresse les chapeaux en surveillant le flotteur de sa ligne. De temps en temps, ils gagnent du poisson qu'ils ramènent pour leurs familles. Les jours des marchés environnants, Léonard va avec son étalage de chapeaux et de jouets, ou commissionne ses produits s'il n'est pas libre. Il arrive ainsi à avoir de l'argent de poche, et en donne même de temps en temps à son petit frère Albert. Certains jours de fête, lui et Sylvain vont se promener dans les lieux publics, où ils regardent du spectacle : des courses de vélos ou de chevaux, des danses populaires ou des scènes de magie. Là-bas, Léonard en profite pour vendre quelques chapeaux et jouets. Ils y rencontrent généralement des jeunes gens et jeunes filles de leur connaissance, avec lesquels ils échangent des plaisanteries, des rires et des nouvelles de la ville. Ils commencent à fréquenter certaines jeunes filles, mais sans sacrifier leur travail. Ainsi fait-il la connaissance de Thérèse, fille d'un horloger qui vit avec sa femme et ses quatre enfants dans un quartier voisin de Saint Dénis. Thérèse va vendre des gâteaux à tous les grands lieux de rassemblement. Agée de dix sept ans, elle a déjà des formes bien développées qui attirent le regard des garçons qu'elle rencontre. C'est dans un coin de rue que, en arrêtant la jeune fille pour acheter ses gâteaux, Léonard lui adresse des paroles galantes. Ces paroles ont un écho favorable. Ainsi commence l'amitié de Léonard et Thérèse, puis plus tard celle de Sylvain et Maïmouna, une amie de Thérèse. Les rencontres de ces deux jeunes couples deviennent de plus en plus fréquentes. Leurs parents le savent, mais se contentent de leur donner des conseils. Attention aux jeux dangereux avec les filles! répète le père de Léonard à son fils quand ils organisent des sorties avec les jeunes filles. Les jeux sans frein, poursuit-il, peuvent vous conduire à faire l'amour avant l'âge normal. Le garçon ou la fille doit pouvoir contrôler son corps. Faire l'amour donne du plaisir, mais est aussi porteur de gros risques : maladies, grossesses imprévues et désordres dans les sentiments. Vous êtes encore trop jeunes pour résoudre certains problèmes d'homme. Il vous faut d'abord grandir, mûrir d'esprit, avoir un travail capable de nourrir une famille, connaître les difficultés de la vie, c'est-à-dire devenir un homme avant d'épouser une femme et fonder un foyer. Quand il a plus de temps, le vieux paysan continue ses conseils : Il y a maintenant beaucoup de mauvaises choses que nous ne connaissions pas dans notre pays : il y a beaucoup de divorces ; des enfants sont abandonnés dans les rues ;

des filles ou des femmes occupent des quartiers entiers pour vendre leurs corps ; des hommes font l'amour entre eux, ou des femmes entre elles ; des jeunes de plus en plus nombreux consomment et vendent la drogue, tuent, et se vendent eux-mêmes. Le manque de contrôle du sexe peut conduire à tous ces fléaux. Ne vous laissez pas guider par le plaisir comme des animaux. Si vous y prenez goût, vous recommencerez encore et encore, puis ce seront le vice et la débauche ! Beaucoup de jeunes gens et de jeunes filles tombent dans ce piège et ne peuvent plus s'en sortir. Ta mère et moi ne voulons pas que tu sois parmi ces jeunes. Résiste mon fils, fait tout pour garder un corps et un esprit sains, beaux et forts, pour être utile et non nuisible à la société.

Léonard pense à ces sages conseils quand il se retrouve seul le soir dans son lit. Il cherche à mesurer leur importance. Ainsi donc, il faut se maîtriser dans les jeux avec les filles, sinon on peut gâcher sa vie et celle d'autres personnes ! Il a entendu parler des moyens pour ne pas tomber en grossesse, des capotes pour éviter les maladies et les grossesses imprévues. Une équipe était même venue dans leur lycée pour leur parler de la santé de la reproduction chez les jeunes. C'étaient presque les mêmes conseils. C'est comme si son père a fréquenté l'école. Il en parle à ses amis Sylvain, Thérèse et Maïmouna. Une vive discussion s'engage parfois entre ces jeunes amis. Sylvain dit qu'un garçon doit montrer sa puissance, sinon les filles se moqueront de lui. Thérèse ajoute : Une fille qui a peur des grossesses ne veut pas d'enfant. Quant aux maladies, elles dépendent de Dieu. Maïmouna est plus timide. Elle reste généralement silencieuse.

La nuit dans sa chambre, à la faible lumière d'une lampe à pétrole, Léonard lit souvent des romans, ou fait des calculs. Ousmane lui avait prêté un livre de mathématiques de la classe de troisième et deux romans africains : « Une si longue lettre » de Mariama Bâ et « Sous l'orage » de Seydou Badian. Lui-même veut économiser trois mille francs pour acheter un roman personnel. Il pourra ensuite échanger son livre contre d'autres romans chez les libraires. En attendant il est à la moitié du livre de Seydou Badian. Ce livre parle de l'opposition entre la tradition et le modernisme. Le jeune garçon retrouve sa confiance et l'amour pour les études. Il a de plus en plus soif d'apprendre. Il veut avoir beaucoup d'idées et de connaissances, encore et encore…

Son amie Thérèse vient plus fréquemment le voir. Elle est devenue une amie de la famille du jeune garçon, surtout de sa mère. Elle apporte même parfois des gâteaux pour le petit Albert. Sylvain vient les samedi vers dix sept heures pour qu'ils préparent leur pêche du dimanche. Parfois, il vient avec Maïmouna, qui se fait plus « effacée ». À son tour, Léonard rend visite à tous ses trois amis. Il va souvent chez Sylvain, mais ne va jamais seul chez Maïmouna sans Sylvain ou Thérèse…

Karim, le père de Maïmouna a deux femmes. Sa mère est la première. Elle a eu quatre enfants, dont Maîmouna, qui est l'avant-dernière. La deuxième femme de son père, sa marâtre, en a deux. Karim est un commerçant de la place. Il reste toute la journée dans sa boutique collée à sa cour. Il reçoit des clients jusque tard dans la nuit vers vingt deux heures. Il y a beaucoup de gens dans sa maison, car en plus de ses deux femmes et de ses six enfants, il héberge un de ses frères, sa propre mère ainsi que deux sœurs de ses femmes. À leurs premières visites, les deux garçons ont été chassés par le commerçant quand il les a vus dans la cour avec Maïmouna. Mais comme il a remarqué la tenue correcte des deux jeunes, leur comportement respectueux, leur bonne éducation, ainsi que leur courage à continuer de fréquenter sa fille malgré ses menaces, il conclut qu'ils sont sérieux, et aiment vraiment sa fille. Il ne dit plus rien quand ils viennent ou quand il voit Maïmouna les suivre. Il se contente de conseiller à la mère de Maïmouna de bien la surveiller. Il ne sait pas que sa femme est plus attentive que lui et connaît déjà les deux garçons. Elle connaît particulièrement Sylvain, grâce à Thérèse et Maïmouna, qui ont su la mettre en confiance.

Une nuit vers vingt heures alors que ses deux parents, fatigués, se sont endormis, que le petit Albert aussi dort à poings fermés, Thérèse entre sans bruit dans la chambre du jeune garçon. Léonard, les deux coudes sur sa table, lit ses cahiers. La jeune fille lui cache les yeux avec ses mains parfumées. Elle attend qu'il trouve qui se tient derrière lui.

Thérèse ! Crois-tu que tu peux me tromper ? dit Léonard en touchant d'une main le bras gauche de la jeune fille, et de l'autre, un bout de sa robe. Elle retire ses deux mains et se déplace un peu pour se tenir à côté de la chaise du garçon.

Comment as-tu fait pour savoir ? demande-t-elle.

Je ne suis pas bête. Les mains parfumées…Maïmouna ne vient jamais ici à vingt heures. Sylvain n'a pas les mains parfumées, et personne d'autre que vous trois ne me fréquente. Qui reste-t-il ?

Il est intelligent mon beau gars ! Tout en prononçant ces mots, elle lui tapote la joue. Puis elle s'écarte de quelques centimètres pour se présenter entièrement à lui. Elle est d'une grande beauté qui surprend le garçon. Une robe serrée, courte et légère de couleur blanche moule parfaitement son corps de la poitrine jusqu'à mi-hauteur des cuisses. Bien brodée, elle couvre à moitié ses deux seins jeunes, qui présentent leurs racines au garçon. Celui-ci n'arrête pas de la regarder des pieds à la tête. Il admire l'harmonie entre le teint de la jeune fille et sa robe rendue encore plus jolie par la lumière de la lampe. Elle porte des boucles d'oreille qui brillent, et ses mèches bien défrisées lui couvrent les oreilles. Léonard la regarde comme s'il ne l'avait jamais vue. Elle lui apparaît comme dans un rêve. Consciente de l'effet que sa belle toilette a produit sur le garçon, elle lui demande en écartant légèrement les bras :

Comment me trouves tu ?

Magnifique ! Tu es très belle ! …

Merci… Viens à côté de moi… Viens, j'ai quelque chose à te dire.

Elle se tourne et marche en balançant ses fesses, pour s'asseoir sur le bord du lit. Quand Léonard obéit et vient s'asseoir, elle dit :

Depuis que nous nous connaissons, tu ne m'as jamais embrassée. Nous ne faisons que bavarder, plaisanter et rire…Tu ne m'as jamais encore rien fait…

Tout en parlant à voix basse, elle place un bras autour des épaules de Léonard, et son sein gauche s'écrase contre lui. Un frisson parcourt le jeune homme. Il est troublé par ces gestes non habituels de son amie. Il se voit brutalement très proche d'elle. D'amour de Thérèse, il en a besoin pour se sentir bien et fort. Le parfum de la jeune fille, son chaud contact, ses mots doux et confidentiels envahissent tout son corps. Un courant étrange lui traverse le corps. Sans le savoir, il pose une main sur la cuisse à moitié nue de Thérèse, et se met à la caresser. Sous sa main rugueuse, il sent une peau lisse qui le rend heureux. Il élargit la zone de caresse en remontant la robe. Thérèse soupire de plaisir. Elle tourne la face du garçon vers elle avec ses mains, cherche et dépose ses lèvres sur sa bouche pour l'embrasser longuement… Redressant enfin la tête, elle murmure :

Je t'aime Léonard !

Moi aussi je t'aime…Tu es très belle, tu sais !

Et ils s'abandonnent l'un à l'autre. Leurs caresses, leurs baisers et leurs soupirs se mêlent dans un plaisir et un bonheur total. Au plus fort de leurs étreintes, Léonard ne se sent plus maître de lui. Toute sa virilité s'éveille, et c'est désormais lui qui prend les devants. Il tire sa partenaire pour l'allonger sur le lit, et se met à la déshabiller avec adresse. Puis il rampe en glissant comme un serpent sur son corps nu. Leurs chaudes respirations et les soupirs qu'on entend sont entrecoupés par des paroles inachevées. Tout en le caressant, Thérèse déboutonne son pantalon sans qu'il sache, et le fait glisser le long de ses jambes. Elle découvre ainsi le slip tendu par devant, qu'elle tâte de ses doigts savants. Léonard, très excité, se prépare à passer à une autre étape lorsque, comme dans un rêve il entend de nouveau résonner dans sa conscience, les mots sages de son père : Attention aux jeux dangereux avec les filles !… Il arrête toutes ses caresses, glisse sur le côté et, posant la figure sur ses deux bras croisés, il reste un moment couché à plat ventre. La voix de son bon père continue de lui marteler le crâne : Les jeux sans frein peuvent vous conduire à faire l'amour avant l'âge normal. Le garçon ou la fille doit pouvoir contrôler son corps. Faire l'amour donne du plaisir mais est aussi porteur de gros risques : maladies, grossesses imprévues et désordres dans les sentiments. Vous êtes encore trop jeunes pour résoudre certains problèmes d'homme. Il vous faut d'abord grandir, mûrir d'esprit, avoir un travail capable de nourrir une famille, connaître les difficultés de la vie, c'est-à-dire devenir un homme avant d'épouser une femme et fonder un foyer… Ne vous laissez pas guider par le plaisir comme des animaux. Si vous y prenez goût, vous recommencerez encore et encore puis ce seront le vice et la débauche ! Beaucoup de jeunes gens et jeunes filles tombent dans ce piège et ne peuvent plus s'en sortir. Ta mère et moi ne voulons pas que tu sois parmi ces jeunes. Résiste mon fils, fait tout pour garder un corps et un esprit sains, beaux et forts, pour être utile et non nuisible à la société. Les caresses de Thérèse restées quelques instants sans réponse, elle murmure à l'oreille de son ami :

Qu'est ce qui t'arrive ?

Pas grand-chose. J'ai des maux de tête qui ont commencé à quinze heures avant ton arrivée. Je les avais calmés avec des comprimés de paracétamol…Ils recommencent… Excuse moi… Regarde au coin gauche de ma table pour me donner la plaquette de médicament.

Thérèse, déçue par la fin brutale de ce plaisir, se rhabille et lui donne la plaquette qu'elle a retrouvée sans difficulté.

Donne moi un peu d'eau, là, au coin de la chambre, demande-t-il à la jeune fille. Elle lui sert un demi verre d'eau. Léonard fait sortir deux comprimés de leurs enveloppes, prend le demi verre d'eau et, profitant d'un moment d'inattention de la jeune fille, il cache les deux comprimés sous le drap et boit une gorgée d'eau. Thérèse reprend le verre et dit :

Couche toi et dors. Je veux que tu guérisses vite. Je repasserai demain matin pour te voir…

Sois tranquille Thérèse. Dans quelques temps je serai debout et en bonne santé.

Elle arrange bien le drap du lit, l'oreiller, tend la couverture sur son ami, arrange de nouveau sa toilette, puis ressort en fermant la porte de la chambre.

« Mon mensonge a été efficace, pense Léonard. J'ai pu respecter les sages conseils de mon père. Cette fille est si douce et si sensuelle ! » Mais déjà il pense à la suite de cette histoire. Le mensonge qu'il a su trouver ne peut plus se répéter. À sa prochaine tentative, soit il se laisse aller, soit il refuse de coucher avec elle, au risque de la perdre. Ces deux idées contraires le font beaucoup réfléchir et le tourmentent. Avant la prochaine tentative de la jeune fille, il faut qu'il prenne une décision. Il a bien envie de faire l'amour avec elle mais… comment faire pour éviter les risques dont a parlés son père et qui sont réels? L'idée d'utiliser une capote lui vient à l'esprit. Cette membrane qu'il a vu présenter une fois au lycée communal de Kira pourrait lui éviter une grossesse imprévue et des maladies… encore que ce n'est pas sûr à cent pour cent, c'est ce qu'on lui a dit. Et les désordres dans les sentiments? Faire l'amour n'est pas seulement s'unir pendant quelques temps avec le corps de l'autre. Pour que cet acte donne le vrai plaisir, il faut que les deux personnes soient attirées mutuellement l'une par l'autre.

De plus, il faut que l'un et l'autre s'engagent à accepter la suite de l'acte. Celui-ci peut produire des comportements et des sentiments nouveaux et il faut le savoir et se préparer. L'utilisation d'une capote ne peut pas résoudre ce problème. Par exemple, la capote n'empêche pas qu'après l'union sexuelle, on se sente profondément découragé ou traumatisé. Aimer ou haïr après un acte sexuel ne peut pas être réglé par une capote. Accepter ou refuser une grossesse, aimer ou détester l'enfant né de cet acte, sont des problèmes qui n'ont pas de solution en portant une capote, car celle-ci peut être mal conditionnée, mal portée, ou se déchirer. Et ces problèmes sont aussi et parfois plus graves pour un homme ou une femme que les maladies. Une grossesse non préparée et non désirée peut rendre malheureux toute sa vie. Thérèse est-elle informée de tout cela ? Se laisse-t-elle emportée par le seul plaisir de l'amour? Ou veut-elle lui forcer la main pour être sa femme, quelles que soient les conditions ? Ni elle, ni lui, n'a encore l'âge, l'esprit et les moyens nécessaires pour entretenir un foyer.

Dès le lendemain, Sylvain et Maïmouna ont été mis au courant par Thérèse, que Léonard a des violents maux de tête. L'un après l'autre, ils viennent pour s'informer de son état de santé. « Je vais très bien aujourd'hui », dit le garçon à Maïmouna et à Thérèse. À Sylvain il dit la vérité sur son « mal » sous les rires moqueurs de son ami. Sylvain, lui, ne se fait pas prier pour faire l'amour avec Maïmouna. Il a mis fin à sa virginité et ne rate aucune occasion favorable, lorsqu'ils sont ensemble, seuls, dans sa chambre. Après avoir tenté de lui résister, Maïmouna s'est finalement laissée faire, et a pris goût aux actions de Sylvain. Connaissant la position de Sylvain, Léonard préfère ne plus engager de discussions avec lui à ce sujet. Il se contente de lui donner des conseils de prudence. Fais attention Sylvain, lui dit-il souvent, avec l'espoir qu'il finira par l'écouter.

IV

La Société industrielle de fabrique de chaussures (SIFAC) a construit deux usines dans le pays, dont une à Kira, à côté du grand barrage de Zado. Cette ville, qui était autrefois un petit village d'à peine cinq mille habitants, est aujourd'hui un centre industriel avec quatre grandes usines : en plus de la SIFAC, il y a l'usine de production de cuirs et peaux de la Compagnie de Production du Cuir (CPC), l'unité de brasserie de la Société nationale industrielle des Brasseries (SNIB) et la centrale électrique de la Société d'Électricité (SOEL). Cette centrale alimente la ville de Kira et ses environs. La SIFAC, d'un capital de sept milliards de francs CFA, emploie trois cents personnes et produit cent cinquante millions de paires de chaussures en cuir par an. Ces chaussures sont vendues dans tout le pays, et même à l'étranger. La CPC a un capital de quatre milliards de francs CFA et transforme chaque année cinq millions de peaux de bêtes en cuir. Elle achète les peaux sur tous les marchés du pays. Elle emploie dans l'usine deux cent cinquante ouvriers. La SNIB est plus grande que les deux premières sociétés : d'un capital de douze milliards de francs CFA, elle produit chaque jour en moyenne un million de bouteilles de boissons de toutes sortes, alcoolisées ou non. Elle emploie mille deux cents ouvriers. Quant à la SOEL, elle emploie deux cents techniciens et ouvriers et produit par an cent huit mégawatt-heure d'électricité. Toutes ces quatre usines consomment l'eau du grand barrage de Zado. Le barrage est situé à trente kilomètres de la ville de Kira. C'est ce barrage, grand réservoir de soixante millions de mètres cubes d'eau, qui a transformé le petit village de

27

Zado en une ville industrielle très importante pour l'économie du pays. La construction de la première usine SNIB n'a pas été facile. Il a fallu chasser les asmos de leurs terres. Les asmos, une ethnie minoritaire du pays, sont les premiers occupants des terres fertiles du village de Zado. Leurs ancêtres fuyant les attaques et les pillages des cavaliers bobés avaient trouvé cet endroit pour s'installer. La culture de la terre était leur première occupation, et ils avaient plusieurs fois eu des bagarres avec des éleveurs nomades cherchant de l'herbe pour leurs troupeaux. Recensés dans le département de Walfo, ces courageux cultivateurs avaient de bonnes récoltes. Mais ils étaient comme oubliés par le gouvernement : l'école la plus proche était à douze kilomètres du village ; il n'y avait pas de dispensaire ni de maternité. Il n'y avait presque pas de moyen de communication avec Kira, car il n'y avait pas de téléphone, et la seule route séparant Zado de Kira était souvent coupée pendant l'hivernage. Le bâtiment de la préfecture ressemblait à une maison d'habitation. La maison du préfet servait à la fois de logement et de lieu de réunions. Dans son bureau, il manquait de tout. Il n'y avait même pas suffisamment de chaises pour les visiteurs. L'ethnie asmos avait pu rester dans le village grâce au courage d'un de leurs ancêtres du nom de Yoli. Il y a environ deux cent cinquante ans, Yoli avait levé une armée

pour lutter contre les cavaliers bobés. Les pillards bobés avaient poursuivis les asmos jusqu'à Zado. Mais là, ils avaient rencontré une résistance farouche des combattants de Yoli, qui les avait obligés de s'enfuir. Depuis cette bataille, ils ne furent plus attaqués. Le peuple asmos avait fait de Yoli son chef et son héros. À sa mort, ses funérailles furent grandioses. Une grande statue fut construite sur sa tombe, à l'est du village, à l'endroit même où il gagna la bataille sur les bobés. Tous les ans, tous les habitants du village, hommes, femmes, jeunes et vieux font un défilé jusqu'à sa statue, et y organisent une fête en son honneur.

Au moment où les accords pour la construction de l'usine sont en train d'être signés entre le gouvernement et des industriels blancs, les asmos attendent du gouvernement qu'il construise une école dans leur village. Ils veulent aussi que le seul pont situé entre Zado et Kira soit réparé, pour leur permettre d'aller plus facilement à Kira, où ils vendent leurs fruits et légumes. Ils avaient déjà déposé ces demandes au gouverneur de la région, et les avaient répétées à un meeting politique organisé par le parti au pouvoir. Ils ne savent pas que, à cause des accords signés, toutes leurs terres fertiles sont retirées sans contrepartie par l'État, et données à la société SNIB pour construire son usine. C'est le préfet qui convoque le chef et le chef de terre du village, pour leur donner l'information reçue du gouverneur.

Qu'avez vous répondu ? demande le chef au préfet.

Je n'ai pas de réponse à donner. Je ne fais que vous dire ce qu'on m'a dit de vous dire.

Ils marcheront sur nos cadavres ! dit le chef de terre.

Je vous conseille de ne pas résister. L'usine vous fera du bien. À cause d'elle, vous aurez de l'électricité, une école, peut-être un dispensaire, car beaucoup de personnes viendront travailler chez vous.

Et à nous qui perdons nos terres, répond le chef, que nous donne-t-on en retour ? Nous n'aurons pas de l'argent produit par l'usine…

Bien sûr que vous gagnez avec l'usine. Ce que je vous ai cité ne vous suffit pas ?

Tout ce que vous citez n'est pas sûr. D'ailleurs, même s'ils le font, ce sera uniquement pour permettre à leur usine de tourner et gagner beaucoup d'argent pour eux…pas pour nous. En tout cas, dites leur que nous tenons à nos terres. Nous les avons gagnées et conservées au prix de notre sueur et de notre sang. Nos valeureux ancêtres sont enterrés là.

La conversation tourne court. Le préfet est étonné de la réaction des deux chefs. Ceux-ci demandent à prendre congé de lui.

Les mois qui suivent sont « chauds » à Zado. Les chauffeurs et les premiers travailleurs venus pour borner et aménager le terrain sont chassés deux fois par les paysans organisés sous la conduite de leur chef. Des unités de la gendarmerie et de la police sont alors envoyées sur les lieux. Celles-ci, ayant minimisé la résistance de la population révoltée de Zado, doivent s'enfuir, laissant deux morts sur le terrain. Une intervention de l'armée est alors décidée, puis c'est le massacre. Les militaires tirent comme dans une guerre. Il y a vingt sept morts et cinquante trois blessés. Les cadavres sont enterrés dans une fosse commune. Une centaine de personnes sont arrêtées ; des jeunes filles sont violées ; les vivres des paysans sont pillés ; des dizaines de cases sont saccagées ou brûlées par des soldats en furie, laissant femmes et enfants sans abris. Le chef et le chef de terre sont morts dans la mêlée, et tous leurs lieutenants arrêtés et déportés dans la prison centrale de Kira. Désormais la zone des travaux est gardée nuit et jour jusqu'à ce que l'usine pousse de terre. Ces événements, décrits par les journaux indépendants, soulèvent partout des protestations des mouvements et associations de droits de l'homme. Aussi bien à l'intérieur qu'à l'extérieur du pays, les gens sont révoltés et condamnent ce massacre. Après quelques mensonges de monsieur le ministre de l'intérieur et de la sécurité, lus à la radio nationale, l'affaire est close.

Cette confiscation violente des terres des paysans de Zado permet la construction rapide des trois autres usines, qui sortent de terre sur le sang de la population autochtone. C'est ainsi que le village de Zado disparaît, remplacé par une ville industrielle.

Une vue de la ville de Zado montre deux zones dont la grande différence étonne tous ceux qui y viennent pour la première fois : dans la partie nord de la ville, s'étend sur environ dix hectares la cité des cadres. Là, on trouve des villas de luxe, avec tout ce qu'il faut pour que les cadres vivent bien. Des rues bien larges, avec des caniveaux et des lampadaires encadrent des espaces verts où il y a beaucoup d'ombre. Des voitures à la mode se dépassent, se croisent ou sont garées dans des parcs bien aménagés et gardés. À côté de ces parcs, il y a des lieux de spectacles, des terrains de golf ou de tennis. On voit çà et là, des jardins bien fleuris dans lesquels on a planté des arbres. Sur ces places où il fait bon vivre sont placées des banquettes, des chaises et des tables. Des allées couvertes de pavés facilitent le passage. Des grappes d'ampoules de toutes couleurs éclairent les allées et les lieux de séjour. Une rivière aménagée coule avec une eau claire où, le jour, on voit nager des poissons. Ses bords sont couverts d'une végétation bien choisie, entretenue, et qui dégage un parfum agréable. Dans la journée, ces jardins sont des endroits où des familles bourgeoises viennent se promener. Leurs villas sont très confortables : l'intérieur est aseptisé et climatisé ; elles ont de grands salons, des buffets de luxe bien garnis reposant sur un sol couvert de tapis. Il y a des téléviseurs, la vidéo, des appareils de musique et des lumières réglées à souhait. Les cours ont des jardins fleuris, des piscines, des aquariums. Ces domaines privés, très rares dans tout le pays, ressemblent à de petits paradis. Vers le centre de la cité, se dresse un vaste super marché où l'on trouve du tout : des tissus, des appareils électroménagers, des aliments, des articles de toilette, des salons, des réfrigérateurs, des meubles, des appareils de musique…À cinq cents mètres de là il y a une salle de spectacle qui reçoit régulièrement, pendant le week-end, des théâtres, des ballets et parfois des numéros de strip-tease où des jeunes filles dansent totalement nues. C'est là que des cadres d'usines voulant s'amuser se retrouvent les soirs à partir de vingt deux heures jusqu'à quatre heures du matin, pour des parties de plaisir. Les prix des tickets d'entrée sont volontairement fixés très chers pour éliminer les gens pauvres. La clientèle est surtout composée de jeunes gens non mariés, richement habillés et accompagnés par des filles de joie bien maquillées et en tenues « sexy ». Mais il y a aussi des personnes respectables accompagnées de leurs familles, ou des époux, hommes ou femmes, désirant tromper leur partenaire. La soirée se termine dans des chambres spéciales et des salles de massage placées à côté de la grande salle de spectacle. Dans ces chambres, on rencontre toutes les perversions sexuelles que l'on peut imaginer: des personnes se présentent toutes nues ; certains font l'amour pour que des spectateurs regardent ; d'autres se font fouetter le sexe par des filles nues ; des hommes font l'amour entre eux, des femmes entre elles ; on organise des viols en groupes, etc. On y consomme beaucoup d'alcool et de la drogue forte. C'est dans ces chambres que l'on retrouve des jeunes filles amenées par des réseaux de trafiquants. Ces filles sont piégées dans des pays étrangers et envoyées de force dans ces bordels. Ceux qui s'occupent d'elles sont cachés dans des lieux obscurs pour surveiller les va-et-vient de leurs esclaves sexuelles. Les viols collectifs se font par groupes de cinq à vingt personnes. Ils sont filmés à la demande par des caméras, et les films sont envoyés pour être projetés dans des salles prévues pour ça. On en fait aussi des cassettes pour être vendues partout. Non loin de ces bordels, on compte des dizaines de salles de jeux brillant de mille feux. C'est là que des gens viennent faire des jeux de hasard et gagnent ou perdent des millions de francs…

Il est inutile de parler du gaspillage d'argent dans ces lieux de plaisirs: des dizaines de millions sont dépensés chaque semaine dans ces endroits et les ouvriers ne pourraient imaginer ce que cela leur représente en salaire et en nourriture.

Des délinquants de toutes sortes, dont certains sont liés à de grands hommes d'affaires ou des hommes politiques bien connus, se rencontrent là-bas: des trafiquants de faux billets, des contrebandiers, des trafiquants de drogues, d'or et de diamant, des trafiquants d'armes de tous calibres, des trafiquants de filles et même des trafiquants d'organes humains. Il y a souvent des règlements de compte, et les crimes sont fréquents. Même la police est impuissante à lutter contre ce mal…

Marchez sur environ six kilomètres vers le sud, en vous éloignant de la cité des cadres, et vous entrez dans la cité ouvrière. Ce que vous rencontrez est désolant : des bâtiments mal construits, des rues encombrées, sales et mal entretenues, où beaucoup de gens pauvres se déplacent. Des piétons, des cyclistes et des motocyclistes se rencontrent, se dépassent, ou se croisent en désordre. La plupart des rues ne sont pas éclairées, et on ne peut pas y marcher pendant les nuits obscures sans torche. Les eaux usées restent dans des caniveaux bouchés par des tas d'ordures, et dégagent de mauvaises odeurs. Le nettoyage de la ville est totalement ignoré par la mairie, qui fait payer pourtant des taxes à la population ouvrière pour cela. Quelques moulins font entendre leur bruit devant une file de femmes venues pour moudre du grain. Autres lieux de grande affluence, les fontaines publiques. Les canalisations d'eau courante passent près des habitations, mais les tarifs de branchement sont chers, et les ouvriers ne peuvent pas le payer. C'est pourquoi la plupart des familles se ravitaillent en eau dans les fontaines publiques. Un petit marché composé de petites boutiques, d'étals, de cabarets, de points de vente de légumes et de condiments est situé en plein cœur de la cité. C'est un lieu où les ouvriers, de retour du travail, se rencontrent, jouent au damier, au ludo, aux cartes, ou consomment des boissons alcoolisées en attendant les repas. Certains d'eux, ceux qui ne sont pas mariés, préfèrent manger dans des restaurants publics situés à côté de leur usine avant de rentrer.

À des heures précises, trois fois par jour, des groupes d'ouvriers se rencontrent et s'échangent dans les cars de personnel, qui les transportent aux usines. Quand ils quittent leurs maisons, ils sont gais et bavards ; mais quand ils reviennent de l'usine, ils ont le pas lourd, sont silencieux, et crèvent de fatigue. Des sirènes automatiques annoncent le début et la fin du travail de chaque équipe.

À l'intérieur des usines, c'est une animation de travail. Dans des salles, à travers des vitres, on voit des têtes penchées sur des papiers ou des ordinateurs : ce sont les techniciens et les employés de bureau. Dans une salle interdite de visites, des ingénieurs sont concentrés devant un tableau de bord géant connecté à toute l'installation, qui donne à tout moment dans des voyants lumineux de différentes couleurs des chiffres électroniques indiquant l'état de fonctionnement des machines : pression, température, vitesse de rotation, intensités, tensions... ainsi que les conditions du milieu ambiant. On voit rarement les plus grands patrons, sauf dans les périodes de conflit. Ils sont cachés dans de larges bureaux climatisés qui ressemblent à des lieux de plaisir. Sur leurs tables en bois rare, sont posés des bouquets de fleurs et un équipement pour le café et le thé. On peut aussi prendre des jus, des liqueurs et des friandises dans des buffets bien garnis. Ils sont assis dans un grand confort devant des microordinateurs. Ces machines leur servent plutôt à jouer et à suivre les chiffres de production et de vente communiqués par les techniciens, qu'à fournir un travail réel. Chaque jour ouvrable, ils reçoivent de l'usine un bénéfice net de trois à quatre millions de francs CFA. Ils sont généralement co-associés, amis ou parents du Président-Directeur général (PDG) de l'usine. Ces bourgeois-là ne travaillent pas ou travaillent peu, car l'usine leur appartient et ils l'utilisent pour faire produire les travailleurs et les ouvriers.

Dans les grands ateliers de production, des dizaines ou des centaines d'ouvriers sont assis ou debout à la chaîne, et chacun doit faire des gestes répétés, à la vitesse des machines. Depuis l'entrée de la matière première jusqu'à sa sortie, chaque ouvrier est à son poste sans manquer et sans retard, sinon la chaîne risque de s'arrêter. Pendant huit heures avec un petit repos de quinze minutes, chacun d'eux ne s'occupe que de son travail. Des contremaîtres les surveillent sévèrement, et n'arrêtent pas de crier sur eux. Les conditions de sécurité sont négligées par les employeurs. Ainsi, il n'est pas rare de voir sortir de l'usine un ouvrier blessé, se dirigeant vers le dispensaire. Si ce n'est pas pour un doigt coupé ou un œil blessé par des éclats de verre, c'est pour des problèmes de respiration causés par des produits chimiques. L'inspection du travail demande une protection des ouvriers, mais les patrons font souvent la sourde oreille. La discipline est sévère comme dans l'armée, et toute absence ou retard, même quelquefois justifiée, est sanctionnée par un avertissement, puis une mise à pied avec une coupure sur le salaire. Pour les soins des accidents de travail, il faut de longues discussions entre les ouvriers et les patrons et ces discussions les amènent parfois à l'inspection du travail.

Les salaires des ouvriers dépassent à peine le Salaire minimum interprofessionnel garanti (SMIG) fixé par la loi. Pour pouvoir « joindre les deux bouts », les ouvriers sont obligés d'accepter des heures supplémentaires, ce qui les fatigue encore plus et les précipite trop tôt à la mort. Ces heures supplémentaires permettent aux patrons des usines d'augmenter leur production et leurs bénéfices. Les patrons recrutent parfois des « flics » au sein de l'usine. Il s'agit d'employés, de contremaîtres et d'ouvriers qui ont une mission spéciale : surveiller les paroles, les comportements, les allées et venues des ouvriers, surtout des délégués et des syndicalistes. En récompense, ils reçoivent de meilleurs salaires. Mais ces policiers déguisés sont toujours en danger pendant les grèves et les manifestations des ouvriers. S'ils sont découverts, ils sont poursuivis et lynchés par la foule, ou tout simplement isolés.

Voici à peu près le climat dans les usines de Zado.

À la fabrique de chaussures de la SIFAC, des travaux d'extension ont créé un nouveau besoin en personnel. On a besoin d'un ingénieur, de six techniciens et de vingt trois ouvriers. Un communiqué est passé dans tous les journaux de Kira, et le recrutement se fera par des concours écrits, suivis d'entretien avec les autorités de l'usine. En ce qui concerne les vingt trois ouvriers, ils doivent avoir le CEP et être aptes à un travail de jour comme de nuit. La date du concours est fixée dans deux mois. Ousmane est venu en parler à son cousin Léonard qui a atteint l'âge adulte. Celui-ci prend tout de suite la décision de s'y préparer.

V

Le test de recrutement de vingt trois ouvriers à l'usine SIFAC de Zado a lieu au lycée communal de Kira, l'ancien lycée de Léonard Bitirga. Il est candidat et compose ce matin. Ils sont au total cent soixante quatorze candidats, répartis dans trois salles numérotées 1, 2 et 3. Léonard est dans la salle 2 avec cinquante- sept autres candidats. Deux enseignants les surveillent, leur distribuent les feuilles de copies et les sujets. Dans la matinée, les candidats font la dictée, puis l'étude de texte. Dans l'après midi, ils ont l'épreuve de calcul et finissent avec celle de géographie. Léonard, qui n'a pas un seul moment abandonné ses études, est à l'aise dans ce concours. En dictée, il hésite sur l'écriture d'un seul mot ; l'étude de texte est très facile pour lui grâce aux livres de français de Ousmane qu'il étudie, et aux romans qu'il lit à la maison. Quant au calcul qui porte sur l'aire d'un trapèze, les quatre opérations et les partages inégaux, il ne lui présente aucune difficulté. Son voisin de derrière lui gratte le dos, à l'insu des surveillants, mais il ne lui répond pas. Il voit parfois l'un des surveillants montrer quelque chose avec son doigt sur la feuille d'un candidat, ou deux candidats voisins se communiquer les feuilles de brouillon ; Léonard a envie de les dénoncer, mais il ne veut pas de problèmes inutiles. Il ne veut pas que le jury le convoque pour des témoignages, et il n'a pas envie de s'attirer la vengeance des candidats fraudeurs et de leurs parents… À quoi bon les dénoncer, se dit Léonard, puisque même les surveillants montrent des choses à des candidats ? Et peut-être, il existe plusieurs lieux de fraudes dans le jury même…Ces fraudes sont comme une goutte d'eau dans la mer, comparées à ce qui se passe actuellement dans le pays… Je travaillerai honnêtement pour mériter mon poste. Ce qui peut se passer pour les fraudeurs, pendant ou après le concours, ne regarde qu'eux-mêmes. C'est à l'épreuve de géographie qu'il a oublié les populations de certains pays voisins de la région.

À la publication des résultats, Léonard est huitième, sous réserve de contrôle approfondi. L'entretien avec la Direction de l'usine se passe sans difficulté. Des questions lui sont posées sur son parcours scolaire, les raisons de l'arrêt de ses études, pourquoi il veut travailler dans l'usine de la SIFAC ainsi que sur des sujets sans grande importance pour lui. Le résultat définitif est donné une heure plus tard, après une délibération rapide du jury. Il franchit donc sans aucun problème les deux étapes. Il est recruté comme ouvrier de première catégorie à l'usine SIFAC de Zado.

VI

Assise sur un banc à côté de la porte de sa cuisine, Sabine plaisante avec son fils Albert. Elle attend impatiemment Léonard qui est allé à Zado pour son concours de l'usine SIFAC. Dès qu'elle le voit venir sur son vélo, elle vient pour l'accueillir et demander comment s'est passé l'entretien.

Bien, m'man ! lui dit- il. Je suis définitivement recruté à l'usine.

Bravo mon fils ! Viens t'asseoir pour boire de l'eau.

Puis elle se met à chantonner, à la grande surprise de Albert : « Mon fils a eu du travail !... mon fils a eu du travail !...Merci mon Dieu... »

Aussitôt après qu'il ait bu de l'eau fraîche apportée par sa mère et se soit reposé, le jeune Bitirga fonce chez ses amis pour leur annoncer la nouvelle. Thérèse est en train de préparer ses gâteaux quand le jeune homme arrive en souriant.

Je suis admis à mon concours et dois travailler à l'usine SIFAC.

La jeune fille lui saute au cou et l'embrasse en s'écriant :

C'est un grand jour ! Je priais pour toi. Où se trouve l'usine ?

À Zado, à trente kilomètres d'ici.

Thérèse devient silencieuse. Elle demande :

Comment nous nous verrons fréquemment ?

Je réfléchirai et je trouverai une solution.

Sylvain et Maïmouna sont ensemble chez Sylvain quand Léonard arrive et leur annonce son admission. Ayant d'abord accueilli la nouvelle avec joie, ses deux amis sont ensuite mécontents de son départ définitif pour Zado.

Ne nous abandonne pas dit Maïmouna. Vous les garçons vous n'êtes pas sérieux. Les jeunes filles de Zado t'attendent...

Comment est-ce que je pourrais vous abandonner après les liens qui se sont tissés entre nous ? Je trouverai une solution pour que nous nous revoyions fréquemment, je l'ai dit à Thérèse... Sylvain, surveille bien nos filles afin que je les retrouve intactes.

Tout en parlant, il tapote l'épaule de Maïmouna. La plaisanterie de Léonard fait rire aux éclats la jeune fille. Sylvain propose :

Dans trois jours ce sera samedi. Nous irons au bistrot de Rémi, je vous invite là-bas tous les trois. Je tiens à fêter l'admission de mon ami au concours.

À l'invitation de Sylvain, les deux garçons sont les premiers sur les lieux. Ils font préparer une table avec quatre chaises, s'asseyent et attendent Maïmouna et Thérèse, qui ont promis de venir ensemble. Après un quart d'heure, les filles apparaissent, joliment vêtues comme à un jour de fête. Elles causent et rient aux éclats, de rires charmants que les deux garçons aiment entendre. Thérèse tient un paquet à la main, et Maïmouna, une bouteille de sirop. Dès qu'elles arrivent, elles prennent place et Sylvain lance les commandes. Léonard et Sylvain boivent de la bière tandis que les deux filles demandent des jus de fruits. Sylvain fait griller à la braise un gros poisson bien assaisonné. Thérèse déplie le paquet qu'elle tient. Il contient un gâteau spécialement préparé pour la fête, et un poulet sauté à l'huile. Maïmouna offre son sirop au groupe. En fond sonore, on entend une musique rythmée qui anime toute la place. Quelques clients du bistrot sirotent leurs boissons, assis non loin d'eux. Thérèse demande au gérant une chanson d'amour qu'elle dédie à Léonard : Pour mieux t'aimer de Nana Mouskouri. Les quatre jeunes gens mangent, boivent, bavardent et rient. Ils sont si heureux qu'ils ne sentent pas

40

le temps passer. Le nombre de clients augmente. Il est bientôt vingt heures. Les quatre amis sont là depuis dix-huit heures. Sylvain, après avoir offert deux tournées, se prépare à lancer de nouvelles commandes lorsque Léonard proteste : Nous sommes tous rassasiés tu sais… Nos filles ne mangent pas beaucoup. Au moment de quitter la table, Thérèse demande une minute de patience. Elle tire de son soutien-gorge quatre jolies pochettes bien brodées, avec des dessins de fleurs multicolores. Les premières lettres de chaque nom sont placées dans un coin de la pochette et chacun choisit la sienne. Elle les leur distribue et en garde une pour elle en disant : « Je les avais préparées depuis longtemps pour vous faire une surprise à un jour heureux, dit-elle. L'admission de Léonard et cette soirée sympathique me donnent l'occasion de vous en faire un cadeau-souvenir. Je voudrais que vous les gardiez le plus longtemps possible … Léonard, je vais vérifier de temps en temps que tu ne l'as pas donnée à une fille de Zado ». Tous les trois visages s'allument d'admiration. Ils restent tous pendant quelques temps sans rien dire. C'est Sylvain qui commence à parler :

Tu es formidable, Thérèse ! Comment as-tu pu confectionner ces magnifiques pochettes sans que nous sachions, et même sans que Maïmouna le sache ? Mille fois merci !

Thérèse se contente de sourire. Léonard poursuit :

Tu viens de fabriquer un lien solide entre toi et moi. Comment puis-je effacer un tel acte ? Ne t'inquiète pas pour les filles de Zado. Je n'aurai même pas le temps de les regarder et, au moindre temps libre, je penserai à toi, à vous tous…

Tu « penseras » seulement à elle et à nous, tu ne viendras pas nous voir ? demande Maïmouna.

Bien sûr que je viendrai dès que ce sera possible. Et peut-être un jour vous aussi vous viendrez me voir à Zado.

Les quatre jeunes se retirent sur une note de gaieté, à jamais liés les uns aux autres.

De retour à la maison, Léonard raconte à ses parents la scène émouvante qu'il vient de vivre. Ceux-ci en sont encore plus touchés. Père et mère Bitirga donnent leurs réflexions sur la liaison et les rencontres des quatre jeunes. Le vieux Paul dit à sa femme que la plupart des jeunes gens qui se fréquentent devraient faire comme ces enfants. Il poursuit en ces mots :

Les enfants sont solidaires les uns des autres. As-tu remarqué, quand l'un d'eux est en difficultés, comment font les autres ? Ils viennent pour l'aider. Si l'un est malade, les autres l'assistent, font des courses pour lui, etc. Je me souviens que mon fils est allé loin, à quinze kilomètres pour chercher du médicament pour Maïmouna qui était malade.

Et Thérèse… Elle ne cesse de venir demander notre état de santé. Elle apporte souvent des gâteaux pour Albert… Sais tu que je l'ai envoyée plusieurs fois pour m'écraser du mil au moulin ou acheter quelque chose au marché ? J'étais coincée par le travail et mes enfants n'étaient pas là.

Je souhaite que leurs relations durent et deviennent très solides. J'espère que le départ de notre enfant pour travailler à Zado ne va pas couper ces relations…

Je pense que non. Les relations les plus durables entre jeunes sont celles qui sont nées et sont entretenues dans le travail, les peines, et le combat pour la vie… Et c'est ici le cas.

Belle leçon ! Tu as raison. Les rapports nés dans l'abondance et les fêtes sont de courte durée. Je comprends pourquoi les sentiments des grands de ce monde entre eux peuvent passer très rapidement de l'« amitié » à la haine, haine pouvant aller jusqu'à la destruction morale de l'autre ou à son assassinat pur et simple. Les rapports entre les petites gens, les gens du peuple, sont des rapports vertueux, faits d'affection pure, d'entraide fraternelle et de solidarité devant les difficultés. Sauf dans quelques cas, il y a beaucoup d'hypocrisie dans le comportement des gens riches, car leurs sentiments ne sont pas nés dans les peines et le travail. N'ayant connu, ni la souffrance physique, ni des problèmes d'argent, ni des soucis matériels, ils ne comprennent pas celui qui souffre réellement pour lui venir en aide. Même souvent, « l'amour » qu'ils manifestent à leurs conjoints n'est pas propre. Quand ils se fréquentent entre eux ou fréquentent un pauvre, c'est dans un intérêt matériel bien calculé. L'aide qu'ils accordent de temps en temps aux pauvres est, soit une aumône pour se faire accepter et aimer par leur entourage, soit dictée par des règles religieuses. En réalité, ces gestes sont commandés par la peur du milieu social ou la peur de « l'au-delà », et non par un réel amour du prochain.

VII

Depuis bientôt dix sept mois, Léonard travaille à l'usine SIFAC de Zado. Il est classé maintenant en deuxième catégorie, et gagne, comme beaucoup de ses camarades, un salaire de quarante deux mille francs, à peine supérieur au SMIG qui est de trente cinq mille francs. À Zado, la vie n'est pas la même qu'à Saint Dénis. Les centaines d'ouvriers qu'il côtoie chaque jour sont très sympathiques, mais la vie est plus agitée que dans son milieu natal Saint Dénis. Là-bas, il respirait de l'air pur car il n'était pas au centre-ville. Il était à côté de la nature et de ses amis les plus chers et n'était pas fréquemment réveillé par le brouhaha d'ouvriers ou le bruit des cars de transport. À Zado, l'air est rendu impur par les fumées industrielles. Ils sont écrasés par le travail à l'usine, si on tient compte des heures supplémentaires que beaucoup sont obligés de faire pour combler des besoins urgents. À l'usine, on n'entend que le bruit des machines et la voix des contremaîtres. Chacun est occupé à son poste, avec la peur de perturber la chaîne à cause d'un retard. Léonard est un marqueur de dimensions des chaussures. Au début il souffre pour suivre le rythme, mais il s'est finalement habitué à ce travail. Il s'est lié à un ouvrier de son atelier, Camille, un pointeur traceur qu'il a rencontré un jour en faisant des achats au marché de la cité ouvrière. Camille habite à environ cent cinquante mètres de ce marché et, le jour de leur rencontre, ils avaient fait connaissance et marché un bout de chemin ensemble. Ceci leur avait suffi pour commencer leur amitié.

Pendant les dix premiers mois de travail, le jeune Bitirga a pu envoyer un peu d'argent à ses parents. Il a acheté deux téléphones portables de seconde main, un pour lui-même, et l'autre pour Thérèse, pour qu'ils puissent se parler chaque jour…, car il ne peut pas être fréquent à Saint Dénis comme il le croyait. Il a pu y aller une fois par mois avec son vélo. Les dix sept mois de séjour à Zado n'ont pas refroidi ses relations avec ses trois amis de Kira. Bien au contraire, à chacune de ses arrivées, ils se fréquentent chaleureusement. Parfois quand il vient de Zado, il apporte de petits cadeaux aux parents de ses amis : un châle pour la mère de Maïmouna, un chapeau pour le père de Sylvain, et une robe pour la petite sœur de Thérèse. En plus du téléphone portable, il a pu acheter pour Thérèse un joli sac à main. Léonard voudrait les couvrir tous de cadeaux, mais son argent ne le lui permet pas. En retour, les parents de ses trois amis le couvrent de bénédictions. Thérèse lui a préparé un jour un colis contenant du couscous de mil et de bons gâteaux pour ses petites envies. Chaque séparation d'avec son Léonard, quand il repart à Zado, est douloureuse pour elle. Elle a chaque fois l'envie de le retenir encore deux jours ou de le suivre, mais… comment faire ? Quand elle revoit le garçon, absent de Saint Dénis pendant tout un mois, son cœur se gonfle d'amour et elle court pour le rencontrer et l'embrasser. Maintenant plus qu'avant, elle sent qu'elle veut vivre avec lui, qu'elle veut être définitivement à ses côtés. C'est ce qui explique son empressement à lui proposer de petits services, à fréquenter sa famille, à lui téléphoner fréquemment. Ces gestes font beaucoup plaisir au jeune ouvrier et renforcent son amour pour la jeune fille. À tout moment, il pense à elle et est toujours pressé de revenir à Kira pour la retrouver.

Je demanderai une autorisation à mes parents pour venir te voir à Zado, lui dit un jour Thérèse, alors qu'il s'apprête à la quitter pour le retour à son travail. Ils sont au courant de nos relations et ne refuseront pas…

C'est difficile qu'un parent autorise sa grande fille à aller passer, même une journée, à trente kilomètres avec un homme sans qu'il y ait des engagements sérieux entre eux… Non, reste tranquille un moment, je viendrai toujours…

Ça ne me suffit pas ! Je veux être plus fréquemment avec toi… Dans ce cas, viens toutes les semaines.

Impossible à cause de notre régime de travail ; huit heures écrasantes en plus des heures supplémentaires… Sois patiente mon amour. J'ai de grands projets avec toi.

En disant ces mots il ne voit pas les larmes qui commencent à couler sur les joues de la jeune fille. À demi mots elle dit :

Tu as trouvé une autre fille à Zado et veux m'abandonner…

Détrompe toi Thérèse, dit-il en épongeant les larmes de la jeune fille avec un lotus. Comment vais-je te montrer tout mon amour pour toi sans fâcher tes parents ou recevoir des sanctions dans mon usine ? Si nous ne respectons pas les règles sociales dans nos relations, cela peut se retourner contre nous. Tu ne le comprends pas. Et si je m'absente ou suis en retard plusieurs fois à l'usine, j'aurai des mises à pied et des coupures de salaire… Bon ! Pour rester avec toi, je décide de retarder d'un jour mon retour à l'usine. J'inventerai un prétexte pour ne pas recevoir une sanction…

Non. Excuse moi d'avoir été égoïste. Va aujourd'hui, travaille comme il faut pour moi, pour nous tous. Je ne veux pas que tu sois sanctionné. J'aurai le courage nécessaire pour t'attendre.

Soulagé par la compréhension de Thérèse, Léonard retourne à Zado où il retrouve l'ambiance des usines et de sa cité ouvrière.

VIII

Pour la protection sociale des ouvriers, qui doit payer ?
Une foule reprend :
C'est SNIB qui doit payer !
Et nos heures supplémentaires ?…
SNIB doit bien les payer !
SNIB et le gouvernement…
Complices et anti-travailleurs !
SNIB et le gouvernement…
Complices et anti-ouvriers !

Une voix forte et ferme, martelant sur les mots, est reprise en chœur par plusieurs centaines d'ouvriers manifestement en colère contre la Société nationale industrielle des brasseries (SNIB). Le bruit attire Léonard et Camille, qui sont en promenade non loin de là pendant leur temps de repos. Les deux ouvriers s'approchent, curieux de savoir ce qui se passe dans cette usine.

Montés sur le capot d'un camion de chargement de boissons, deux délégués syndicaux, l'un d'âge mûr et l'autre plus jeune, s'adressent à une foule d'ouvriers en blouses, les yeux rouges de colère. Léonard et son ami, intéressés par le discours des délégués ouvriers, les suivent mot par mot et reprennent les slogans comme s'ils étaient dans cette usine.

Le plus vieux des responsables, visiblement plus ancien dans l'usine, prononce des idées jusque là inconnues par Léonard.

Dans nos ateliers, nos camions de distribution, sur nos chaînes et nos machines, c'est nous qui produisons des richesses pour SNIB au prix de notre sueur et de notre sang. C'est encore nous qui assurons la vente de ses produits.

Grâce à nous, SNIB réalise de très gros bénéfices. Écoutez bien : l'année dernière, elle a eu plus de sept cent millions de bénéfice et cette année, un peu plus d'un milliard de nos francs... (Hôôô ! reprend la foule)... Grâce à nous, notre pays, et même d'autres pays, sont régulièrement approvisionnés en boissons de bonne qualité. Nos camarades ingénieurs, techniciens et biochimistes laborieux, multiplient inventions et innovations ; nos ouvriers sacrifient chaque jour leurs loisirs, leur force et leur santé, à produire pour le patronat et le gouvernement actionnaire.

Et que gagnons nous en retour ?... Rien ! Absolument rien ni pour nous, ni pour nos familles !...Nous n'avons que des salaires de misère qui nous obligent à accepter des heures supplémentaires mal payées...Est-ce normal ?

(Non ! reprend la foule). Ce n'est pas juste et nous revendiquons nos droits. Les longues négociations n'ont rien donné. Le patronat est sourd à nos cris, à nos problèmes. Il est arrogant, humilie nos délégués en leur imposant de longues attentes devant les bureaux ou en les menaçant. Êtes vous d'accord ? (Non !) Que nous reste-t-il à faire? (La lutte ! La grève !). Nous avons déclenché cette grève d'avertissement de quarante huit heures pour exiger :

1. une augmentation du taux horaire de travail de vingt pour cent, pour pouvoir faire face au coût de la vie ;

2. du matériel en quantité et en qualité suffisantes : casques, gants, blouses et outils de travail ;

3. une prise en charge complète et rapide des accidents de travail ;

4. le relèvement de la pension de retraite de dix pour cent ;

5. la cessation des tracasseries policières contre notre syndicat et nos délégués.

Est-ce juste ? (Très juste !). Êtes vous prêts pour la grève ? (Oui !). Partout, nos machines, nos camions de transport et de distribution, doivent s'arrêter dès cette nuit

à zéro heure jusqu'à vendredi à vingt quatre heures.
(Applaudissements nourris). Et gare aux traîtres qui
viendront travailler pendant ces deux journées ! Ils nous
trouveront sur leur chemin. (Quelqu'un crie dans la foule :
Frappons les !). Nous mettons aussi en garde le patronat
contre une présence de policiers, pour protéger les traîtres
au travail. Il sera responsable de ce qui arrivera. Êtes vous
déterminés ? (Oui !). Êtes vous déterminés ? (Oui !)... Alors
ensemble, luttons et nous vaincrons ! Seule la lutte paye !
(Applaudissements prolongés).

Le plus jeune des délégués prend alors la parole pour
dire comment la grève se déroulera : les piquets de grève, le
comité de vigilance, le service d'ordre, le service minimum,
le lieu de rassemblement, etc. La foule se disperse alors dans
la joie, certains ouvriers se serrant fort les mains comme
s'ils venaient de se voir.

Léonard n'a jamais vu de ses yeux une telle démonstration
de force d'ouvriers. À la radio, il a déjà entendu parler de
marches, de meeting, de sit-in de travailleurs en grève, dont
certains ont tourné au drame. Mais ne comprenant pas le
sens de ces mouvements, il ne s'est jamais intéressé à ces
choses. Et voici qu'aujourd'hui il est directement témoin
d'un meeting préparatoire d'une grève. Il comprend
maintenant le sens des grèves, grâce aux explications claires
et simples des délégués syndicaux, et aussi grâce à la situation
qu'il vit à l'usine SIFAC. La situation qu'ils vivent à la SNIB
ressemble beaucoup à celle de son usine SIFAC. Chez eux
aussi, Le travail est écrasant et les salaires sont bas, les
obligeant lui et ses camarades à chercher des heures
supplémentaires, chose qui dégrade leur état de santé. Eux
aussi produisent bien, et au Conseil de directions de cette
année patronné par le ministre des mines et des industries,
la SIFAC a été classée parmi les meilleures sociétés du point
de vue de la productivité. Leur Président-Directeur général
(PDG), Monsieur Carillon, a même été décoré pour cela. Ils

produisent beaucoup de paires de chaussures neuves de bonne qualité, et pourtant celles que portent les ouvriers de la SIFAC en ville ne sont pas belles à voir. Mais à la différence de l'usine SNIB où le syndicat est fort, les travailleurs ne sont pas organisés à la SIFAC : dans son usine, ils ne parlent pas d'une même voix devant les patrons. Les délégués sont corrompus par la direction, qui leur donne des faveurs. Le salaire de ces délégués est légèrement supérieur à celui des ouvriers de même grade. Leurs fautes ne sont pas sanctionnées, et on leur donne souvent en cachette de l'argent et des paires de chaussures. Toute cérémonie dans leur famille est prise en charge par la direction. Ils sont très souvent en confidence avec les hauts cadres de l'usine. Beaucoup de personnes se méfient d'eux, allant jusqu'à leur cacher leurs blessures accidentelles. Les ouvriers ne leur parlent pas de leurs problèmes, car ils n'ont pas confiance en eux. Aussi, c'est le « sauve-qui-peut », le « chacun pour soi, Dieu pour tous ».

Le meeting auquel Léonard et Camille viennent d'assister alimente leur conversation, pendant qu'ils marchent pour regagner leurs domiciles.

Si nous pouvions faire comme eux ! dit Camille.

C'est difficile chez nous. La moindre résistance sera matée, car nous ne nous entendons pas, et nos délégués sont plutôt avec les patrons qu'avec les ouvriers.

C'est pourtant nécessaire, car tant que nous resterons comme ça à ne pas nous entendre et à ne rien faire, notre situation ne peut pas changer.

Mais comment faire ? Par où commencer ?... Il faut que nous ayons de bons délégués, des gens honnêtes, courageux qui n'acceptent pas de se laisser corrompre par la direction. Sinon, gare ! Si nous ne sommes pas organisés indépendamment de la direction, nous ne pouvons pas être forts ; nous ressemblons à des puces que l'on peut écraser facilement sans la moindre résistance.

C'est justement le patronat qui fait tout pour que nous n'ayons pas de bons délégués. Pendant les élections, il mène une campagne sournoise pour des ouvriers qu'il aime, et comme les gens ne savent pas et n'ont pas conscience du danger, ils se laissent tromper.

Pendant qu'ils parlent, ils arrivent à leur point de séparation. Ils se saluent et promettent d'en reparler une prochaine fois.

La cité ouvrière n'est pas encore très animée car plusieurs équipes sont au travail. Seuls quelques ouvriers de l'équipe de Léonard sont assis sur des bancs par petits groupes, certains encore vêtus de leur blouse d'usine. Au loin, devant un café, six personnes se font entendre par leurs cris, excités par un jeu de belotte. Léonard entre sans s'arrêter dans sa chambre de jeune célibataire. Il se débarrasse de sa chemise, se laisse tomber sur son lit, et passe beaucoup de temps à regarder le plafond. À un moment, il dirige ses yeux vers une photo de son père qu'il a affichée en grand format sur un mur à côté de celle de sa mère. Il avait demandé ces photos quand il déménageait pour venir à Zado. Son père, dans un boubou blanc portant des rayures noires, lui sourit, du sourire d'un père satisfait de son fils. En voyant les rides de sa figure, ses cheveux, sa moustache et sa barbe blanchis par l'âge, le jeune ouvrier imagine quelles souffrances physiques et morales cette figure a connues depuis sa jeunesse. Il a pitié de ce pauvre et bon père qui a tant fait pour eux. Il lui est très reconnaissant. Il se demande comment ses deux frères partis à Salanda ont eu le courage d'abandonner aussi brutalement ses parents et de ne leur donner aucune nouvelle jusqu'aujourd'hui. Il prend l'engagement d'aller un jour à leur recherche, quand il aura suffisamment d'argent et de temps. Puis, son regard se pose sur la photo de sa mère. Le flash de l'appareil l'avait surprise devant la porte de sa cuisine en train de vanner du mil, et elle avait juste eu le temps de regarder... Mais la photo est bien claire et montre sa mère au travail. Il aurait voulu être à la maison pour continuer à l'aider dans ses tâches ménagères, mais son nouveau travail ne le lui permet pas. Pendant qu'il regarde tour à tour ces deux photos, ses yeux s'alourdissent de sommeil et il commence à bailler. Au bout de quelques minutes, il s'endort. À son réveil, il est quatre heures du soir… Il ne lui reste plus que deux heures pour retourner à l'usine.

IX

Gaston frappe deux fois à la porte avant qu'on ouvre. Devant Sabine, se tient un solide gaillard souriant, avec une barbiche et une moustache salies par le voyage. Il porte un gros sac à dos et un sachet à la main. C'est lui qui, le premier, s'adresse à sa mère qu'il n'a pas revue depuis plus de dix ans :

M'man !

À ce mot, Sabine, qui n'avait pas tout de suite reconnu son fils, court à sa rencontre. Elle le débarrasse de ses affaires, lui donne une chaise, et va lui chercher de l'eau.

Où est papa ?

Il est allé faire une course, mais il est peut-être sur le chemin du retour… Albert ! Viens souhaiter la bienvenue à ton grand frère. Gaston est venu.

L'enfant, qui coupait du bois pour sa mère non loin de la cour, vient en courant pour serrer la main de Gaston. Celui-ci voudrait continuer de poser des questions, mais sa mère l'invite d'abord à se laver et à se reposer. Elle lui indique la chambre qu'il va occuper. Dès qu'il revient après la douche, Gaston recommence à poser des questions :

Et Léonard ? A-t-il réussi à l'école ?

Il a bien travaillé mais n'a pas pu continuer… Nous n'avons pas eu de l'argent pour payer sa scolarité.

Elle lui retrace la bonne scolarité de Léonard, l'aide généreuse de son oncle David, ses difficultés, les tentatives de solution, le vol … Le vieux Paul Bitirga fait son entrée. Il a un fagot de bois sur les épaules. La vue de Gaston ne produit pas sur le visage du vieillard l'effet attendu par Sabine. Son visage qu'elle pensait voir s'allumer de joie est resté sans aucun changement. Gaston l'aide à se débarrasser du fagot de bois, puis, vient le saluer. Sabine, tout en apportant de l'eau à son mari, lui demande :

Tu ne reconnais pas ton fils Gaston ? Il est arrivé il y a à peine une heure.

Bien sûr que si. Même s'il a maintenant une barbe il n'a pas beaucoup changé… Gaston, d'où viens tu ?

De Bako. Nous avons voyagé toute la journée.

Et ton frère Henri ? Qu'est-il devenu ?

Le silence du jeune homme jette un froid glacial parmi le petit groupe, qui s'empresse de lui reposer la même question :

Parle Gaston, lui supplie sa mère debout à l'écouter.

Frottant ses yeux, le garçon murmure : Il…est…mort. Et il fond en larmes. Sabine aussi se met à pleurer en criant : Mon fils !… Je veux mon fils ! Albert, voyant sa mère dans un piteux état, commence aussi à pleurer. Le vieux Bitirga, resté calme, se met à consoler toute sa famille. Quand la situation redevient normale, Paul appelle son fils Gaston et demande : Comment cela s'est-il passé ? Le jeune homme se met à raconter l'histoire : Nous sommes arrivés à Salanda, où nous avons vécu ensemble dans la même maison pendant deux ans. Chaque jour, chacun de son côté cherchait de quoi faire pour manger. C'est ainsi que nous avons fait beaucoup de petits travaux, certains vraiment dégoûtants : nous avons ciré des chaussures ; nous avons été gardiens dans des bordels ; nous avons repassé des habits, lavé des voitures, fait la cuisine ; nous avons vendu du faux savon ; nous avons débouché des caniveaux ; nous avons aussi vendu des médicaments au marché noir et des faux bijoux, etc. Il n'y avait rien à faire, nous arrivions difficilement à manger et à payer le loyer. La situation devenait plus grave parce que des mauvais politiciens gâtaient le nom des étrangers. Chaque jour il y avait des rackets et des opérations « coups de poing » contre nous. Nous n'étions jamais sûrs de garder le peu d'argent que nous gagnions. Du jour au lendemain, il pouvait être retiré sans raison valable par des agents de police ou de simples bandits. Alors pour survivre, Il nous fallait apprendre à résister, à être courageux, à faire aussi le bandit. Nous devenions des hors-la-loi, parfois au risque de notre vie. À la troisième année, un jour du mois d'avril, j'ai rencontré, par hasard dans un taxi, un blanc qui avait besoin d'un boy cuisinier. Je lui ai demandé de me prendre et il a tout de suite accepté. J'ai travaillé avec sa famille pendant cinq ans…De braves gens ! De son côté, Henri se débrouillait toujours par ci, par là, vivant au jour le jour. Il a fini par tomber dans un réseau de trafiquants de drogue. Ils faisaient de jolis coups mais dépensaient sans compter. Ils étaient toujours poursuivis par la police, jouant à cache-cache avec elle. Je lui ai demandé plusieurs fois de changer de travail parce que c'était trop dangereux, mais il ne m'a pas écouté. L'année dernière, mon patron a été affecté à Bako et il m'a amené avec lui, car il était satisfait de mon travail. C'est de là-bas que j'ai appris le décès d'Henri, par un ami qui est revenu de Salanda. Il m'a raconté comment mon frère est mort. Il a dit que le groupe d'Henri, caché dans une maisonnette à la sortie de Salanda, a été découvert par la police. Celle-ci a attaqué la maison en tirant des coups de feu, et a tué Henri et deux de ses camarades. Elle a saisi des armes et de la drogue. Deux autres membres du groupe ont réussi à s'enfuir. Je me suis rendu à Salanda pour prendre ses affaires, mais je n'ai pu retrouver que ses paires de chaussures, une chemise et un bracelet qu'il portait souvent. Je les ai dans mes bagages. À la fin du récit, le vieux Paul demande à son fils :

Pourquoi et comment êtes-vous partis d'ici sans que personne ne sache ?

Quelqu'un, un vieux camarade d'Henri, est venu nous parler de la belle vie qu'il menait à Salanda. Ses paroles nous ont attirés, et nous avons décidé de partir. Nous avons monté le « coup ». Nos affaires ont été regroupées et emballées sans que personne le sache, en attendant le jour du départ. Nous avons choisi un jour où nous sommes restés seuls dans la maison. Nous avons arrêté un taxi brousse, et inventé une histoire pour nous faire déposer à dix kilomètres d'ici, loin des regards. Ensuite, toujours grâce à l'ami d'Henri, qui nous a prêté un peu d'argent, nous avons pu voyager avec un car jusqu'à Salanda. Nous avons laissé une note dans la chambre de ma mère pour vous dire de ne pas vous inquiéter pour nous et de ne pas nous chercher, en promettant de revenir sans tarder.

Et pourquoi n'êtes-vous pas revenus « sans tarder » ?

Nous avons rencontré le contraire de ce que nous pensions trouver là-bas. Nous n'avions même pas de quoi manger, à plus forte raison les frais de transport pour revenir…Et revenir dire quoi aux gens ? Nous voulions faire fortune avant de revenir. Comme ça au moins nous vous aurions consolés. Mais au fur et à mesure que le temps passait, notre espoir s'éloignait et il devenait de plus en plus difficile de revenir.

Ta mère et moi avons passé beaucoup de temps à commissionner pour avoir vos nouvelles. J'ai même envoyé faire un communiqué radio à Salanda…Pourquoi n'avez-vous pas répondu ?

Nous n'avons pas entendu le communiqué. Une lettre est arrivée une fois, mais nous avons décidé de ne pas répondre avant d'avoir changé notre situation. Nous pensions que les choses iraient mieux, soit chez Henri, soit chez moi, et nous attendions toujours. Autrement, nous savions déjà votre réaction si vous receviez de nous de mauvaises nouvelles : nous dire de revenir…Excuse nous, papa de toutes les peines que nous vous avons causées. Demande pardon pour nous auprès de ma mère.

La meilleure consolation pour nous est que tu retiennes la leçon de cette aventure et que tu ne recommences plus…

Plus jamais je n'irai à l'aventure. Il est honteux que je sois revenu après plus de dix ans, sans argent, et avec en plus la nouvelle du décès de mon frère. J'essaierai de réparer ma faute. Je chercherai à travailler et à me marier ici, même si les conditions sont difficiles.

Va te reposer. Je prendrai contact avec les anciens de la famille pour préparer les funérailles de ton frère.

Les amis, parents et voisins de la famille Bitirga viennent souhaiter la bienvenue à Gaston. Celui-ci, tête basse, répond avec gène aux questions qu'ils posent. Il est obligé de ne pas détailler l'histoire d'Henri ayant conduit à sa mort. Il se contente de parler du « destin contre lequel personne ne peut rien faire ». Après avoir pleuré des heures durant, sa mère continue à faire son travail comme d'habitude, mais cette fois dans une grande douleur. Elle maigrit. Elle a beaucoup de choses dans le cœur qu'elle aimerait dire à son fils Gaston, mais elle n'en a pas encore le courage. Elle remet à plus tard cet entretien, quand elle se sera remise de ce choc inattendu. De temps en temps, la voix innocente d'Albert et ses pensées sur Léonard lui donnent un peu de courage et du goût à la vie. À propos de Léonard, son fils bien aimé... Que fait-il en ce moment à Zado ? Il est certainement au travail dans son usine, parmi ses camarades... Quelle sera sa réaction quand il apprendra le retour de Gaston et le décès de Henri ? Dans quelques jours il viendra de Zado...

X

Cette nuit, Léonard se tourne et se retourne dans son lit. Il est embêté par des moustiques. Quand il trouve enfin le sommeil, il n'y a plus rien dans les rues de la cité ouvrière. Il fait un rêve bizarre : un visage d'Henri lui sourit. Celui-ci traîne derrière lui, sur des branches d'arbre, un cadavre. Il lui dit que c'est celui de Gaston, mort accidentellement par suite d'une fusillade. Léonard commence à crier, et court pour se jeter sur le cadavre de son frère. À cet instant, il se réveille brutalement. Écartant la couverture, il touche son front et remarque qu'il y a de la sueur. Il a vraiment eu peur. Le lendemain, il doit se rendre à Kira pour voir sa famille. Le triste rêve qu'il vient de vivre n'annonce-t-il pas une mauvaise nouvelle ? Il met une bonne demi-heure avant de se rendormir. À son réveil, le jeune ouvrier est pressé de retrouver sa famille. Il pense aussi à Thérèse sa bien aimée. Elle sait qu'il vient aujourd'hui. Il faut que je ramène une photo d'elle pour la placer à côté de celles de mes parents, pense-t-il.

Aussitôt après sa toilette, il dit au revoir à ses voisins, enfourche son vélo et se rend chez Camille. Celui-ci vient de se réveiller.

Je rentre en famille, dit Léonard.

Pourquoi ? J'espère que ce n'est pas pour des raisons de santé ?

Non. J'ai l'habitude d'y aller. Mais sais-tu ce qui m'est arrivé la nuit ?

Quoi ?

J'ai fait un mauvais rêve dans lequel j'ai vu le cadavre d'un de mes frères absents depuis plus de dix ans.

Et que crois tu ? Que c'est la réalité ? Ne t'en fais pas Léonard, ce n'est qu'un rêve…

Je l'espère. Je serai de retour après demain. Je te demande de passer demain pour jeter un coup d'œil à ma chambre. À plus !

Je n'y manquerai pas. Fais un bon voyage et salue ta famille.

Sur le chemin de Kira, le jeune ouvrier chante en pédalant sa bicyclette. Il dépasse des piétons et rencontre d'autres cyclistes portant de gros cartons sur leurs porte-bagages. Peut-être des marchandises pour leur étal ? imagine Léonard. Il allait dépasser le seul pont entre Zado et Kira, lorsqu'il est arrêté par un vieillard. À le voir, on lui donnerait plus de soixante dix ans. Il pousse avec peine son vélo chargé de fruits. Le vieillard se rend à Kira pour vendre des bananes, mais la chambre à air avant du vélo s'est dégonflée. Sans secours, l'homme est obligé de pousser sa charge sur une longue distance. Il lui reste quatre kilomètres pour rejoindre un mécanicien installé sur le trajet, mais le vieux a l'air très fatigué. Quand l'ouvrier s'arrête, il demande :

Viens à mon secours mon fils. N'as-tu pas du matériel pour me permettre de réparer ma chambre à air ? Le mécanicien est encore loin d'ici et … je suis très fatigué.

Je n'ai pas prévu de matériel de secours. Nous sommes imprudents de ne pas prévoir…

J'en avais, mais la dissolution et la pièce à coller sont épuisées, et je n'ai pas pu en avoir. Avant-hier et hier, ma banane n'a pas été achetée. Si tu en as un peu, viens à mon aide, mon fils.

Je vous ai dit que je n'en ai pas prévu ; mais je peux vous aider. Le mécanicien est à quatre kilomètres d'ici. Prenez mon vélo et devancez moi là-bas pour vous reposer. Je pousserai votre vélo jusque là-bas pour vous le faire coller.

Après quelques secondes d'hésitation, le vieillard accepte la proposition. Léonard l'aide à monter sur son propre vélo sans porte-bagages, et le regarde s'éloigner devant lui, en pédalant avec peine. Le jeune ouvrier s'appuie solidement sur le vélo du vieillard, et le pousse sur les quatre kilomètres qui le séparent du mécanicien. Il arrive après une quarantaine de minutes et trouve le vieux couché à l'ombre d'un arbre.

Il attend que le vélo soit réparé, donne un jeton au mécanicien avant de s'en aller, avec les bénédictions chaleureuses du vieillard.

Léonard, à peine arrivé à la maison, voit le petit Albert causant avec un jeune homme assis sur un banc, à côté de sa chambre. Qui est-ce ?, se demande-t-il. Albert, allant à sa rencontre, lui annonce tout de suite l'arrivée de Gaston.

Bonne arrivée Gaston, dit le jeune ouvrier. Es-tu arrivé depuis longtemps ?

Il y a cinq jours. Comment vas-tu ? Tu viens de ton usine ? On m'a dit que tu travailles à Zado…

Je vais bien. Je venais juste de rêver de toi et d'Henri la nuit dernière…C'était un rêve qui annonçait ta venue. Henri est-il venu aussi ?

Malheureusement non. Assieds toi d'abord… Il est décédé et j'ai ramené quelques unes de ses affaires.

À ces mots, la figure de Léonard devient triste. Il reste un long moment sans rien dire, secouant sa tête penchée vers le sol. Après avoir salué ses parents, il se fait raconter la triste vie et la mort d'Henri. Le rêve qu'il a fait dans la nuit dernière à Zado contenait donc un peu de réel…C'était comme s'il avait été mis au courant … Mais dans le rêve, il avait vu au contraire Henri vivant qui traînait le cadavre de Gaston… Il y a des choses bizarres dans la vie. Il demande à Gaston :

Comptes tu retourner bientôt à Bako ?

Non, je ne retournerai pas. Je l'ai dit à mon patron. Je n'irai plus jamais à l'aventure après ce que j'ai vu.

Qu'as-tu vu en dehors du décès de Henri ?

Henri et moi avons connu la faim, la misère, l'insécurité. Nous regrettions d'avoir quitté notre Kira natal, mais c'était trop tard. Nous ne pouvions pas facilement revenir, surtout sans rien. J'ai expliqué en détail aux parents pourquoi nous étions restés sourds à leurs messages. Je peux même dire que c'est cette situation de misère qui a entraîné Henri dans le trafic de drogue puis à la mort. Et toi ? Qu'as-tu fait après l'école ? Nous pensions à toi mais ne pouvions rien faire. Ma mère m'a dit que tu as dû arrêter les cours faute d'argent ?...

J'en ai pleuré. J'ai dû me remettre à confectionner des chapeaux et des jouets. J'allais aussi à la pêche avec un ami pour avoir de temps en temps du poisson. Pour le reste du temps, j'aidais les parents dans leurs travaux quotidiens. Je continuais de lire et de m'exercer jusqu'à ce que je réussisse à un concours pour travailler dans une fabrique de chaussures. J'ai commencé le travail depuis près de deux ans. Mais ce n'est pas facile, Gaston. Les ouvriers y souffrent beaucoup.

C'est mieux que de ne rien faire. Je te félicite pour ton courage. C'est ce courage de lutter qui nous a manqué, Henri et moi, car au moment où nous partions, nous ne voyions rien de bon devant nous. Actuellement, je dois recommencer ma vie. Je chercherai de quoi faire.

Leur conversation est coupée par l'arrivée de Thérèse. Elle est venue pour avoir des nouvelles de Léonard.

Je viens pour demander si tu es venu, et te voilà ! dit la jeune fille.

Je suis arrivé il y a à peine deux heures. J'ai retrouvé mon frère qui était en voyage…Tu te rappelles, je te parlais de deux frères qui étaient à l'étranger…Voici l'un deux. Je te présente Gaston mon grand frère. Gaston, je te présente mon amie Thérèse.

Je suis enchantée de le connaître.

Elle serre bien la main de Gaston et ajoute :

Comment allez vous ? Le voyage s'est-t-il bien déroulé ?

Bien, merci.

Léonard lui apprend le décès de son autre frère, Henri, qu'elle n'a pas connu.

Elle lui présente ses condoléances et lui souhaite beaucoup de courage pour supporter le deuil. S'excusant pour un manque de temps, elle les salue, s'avance pour saluer Sabine puis se retire en promettant de revenir.

Parle moi de cette jeune fille, Léonard, dit Gaston. Vous vous connaissez depuis longtemps ? As-tu un projet avec elle ?

Nous nous connaissons depuis longtemps déjà et les parents la connaissent bien. À vrai dire nous nous aimons beaucoup et... sauf s'il y a un empêchement, chose que je ne souhaite pas, je demanderai sa main.

Elle est très jolie et semble bien éduquée. D'où vient-elle ?

Sa famille vit dans un quartier voisin de Saint Dénis. Son père est un horloger. Elle même vend des gâteaux, et son petit commerce semble bien marcher.

Je t'encourage, Léonard. Tu en as l'âge et nous serons tous à tes côtés pour obtenir sa main.

XI

Six mois se sont écoulés depuis l'arrivée de Gaston. Son père, en accord avec tous les anciens de la grande famille Bitirga, a fixé la date des funérailles d'Henri après cette saison hivernale. Ces cérémonies vont demander beaucoup d'argent, de mil, et de bêtes. Le vieux Paul n'a pas grand-chose pour cela, mais il peut compter sur la grande famille. Chaque membre donnera quelque chose.

Gaston n'est pas habitué à la vie de Saint Dénis. Il doit encore tout apprendre. Il a de la bonne volonté pour aider son père dans les champs, mais c'est très dur pour lui. Il réfléchit et cherche ce qu'il peut faire comme métier et se marier, pour ne plus compter sur ses parents. Il commence à comprendre son grand retard par rapport à Léonard, son petit frère. Celui-ci, non seulement il est intégré dans le milieu, aimé de tous, mais il sait aussi faire quelque chose de ses dix doigts. Il est rôdé dans le travail manuel ; il a un emploi salarié, et se prépare à se marier avec une jolie fille de bonne éducation qui l'aime et qui l'attend. Une sourde jalousie s'empare de Gaston…Il aurait aimé être dans la même situation que son frère. Mais du fond de sa conscience, une voix lui murmure : « N'es tu pas responsable de ce retard ? Si tu étais resté chez toi et t'étais battu comme lui, n'aurais tu pas aujourd'hui une vie sans trop de problèmes et peut-être heureuse ? Et le petit frère, ne mérite-t-il pas ce qu'il a aujourd'hui ? C'est ton frère de sang et tu dois être fier de ses réussites… Accepte les conséquences de tes fautes, corrige les et engage toi aussi dans le combat pour la vie ». Il se reproche d'avoir été un peu jaloux à l'égard de son petit frère.

Les relations entre Léonard et Thérèse sont plus solides que jamais. Sa jeune amie est venue à Zado un dimanche pour lui rendre visite. Arrivée le matin, elle a pu visiter la cité ouvrière. Elle a connu les voisins et les camarades les plus proches de Léonard, est allée voir l'usine de son ami, le marché. Elle lui a préparé, à midi, un repas copieux, qu'ils ont mangé ensemble avec Camille. Elle a été bien accueillie par l'entourage ouvrier de son ami. Certains lui ont donné de l'argent de poche, d'autres lui ont apporté de la boisson, ou sont venus causer un peu avec elle chez Léonard. Quel milieu sympathique ! Se dit-elle…C'est ici que l'on sent la vraie vie, une vie propre, sans hypocrisie et pleine de chaleur humaine ; une vie de solidarité mutuelle, qui fleurit malgré les difficiles conditions des ouvriers ! Chez les bourgeois qui ont pourtant tout pour le plaisir, il manque cet esprit de communauté naturelle qui valorise l'être humain. L'autre jour, en allant pour vendre des gâteaux sur une place, non loin d'un quartier de riches, j'ai été témoin d'une scène qui m'a empêché de dormir… La mère d'un monsieur très riche et en voyage, est venue de son village natal pour le voir. Elle a été pratiquement renvoyée avec ses affaires de paysanne, dans la rue, par la maîtresse de maison. Les voisins passaient et repassaient dans leurs belles voitures, sans lui proposer une quelconque aide, ou même sans détourner leur regard vers la pauvre vieille. Très désolée, elle m'a informée de ce qui s'est passé, et je l'ai aidée avec ses affaires pour rejoindre le premier taxi-brousse. Quel monde !…Pensant de nouveau à son séjour auprès de son ami, la jeune fille se sent heureuse de cet accueil. Elle est retournée le même soir, en remerciant les voisins et camarades de Léonard. Elle a compris que cet accueil n'était pas un fait de hasard, et qu'il était dû au caractère de son ami. Sûrement son Léonard est très social, et pour cela il est aimé par tous les ouvriers qui le connaissent. Ils se sont enfin promis de se marier. Léonard lui a dit que dès son prochain retour à Saint Dénis, il enverra ses parents pour demander sa main.

Sylvain aussi est venu un jour ordinaire pour connaître le lieu de travail de Léonard. Il n'y a passé que quelques minutes avec lui, car ce jour là, le jeune ouvrier était très occupé. Son équipe était en pleine production. Ils ont été obligés de se quitter sans pouvoir bavarder ensemble quelque temps, le temps d'échanger des nouvelles...

Sans les conditions de travail difficiles et les bas salaires à l'usine SIFAC, la vie serait sans aucun nuage pour Léonard. Ces derniers temps, les patrons ont augmenté la vitesse des machines, et tous les ouvriers se plaignent. Les délégués, pour ne pas poser le problème, se contentent de dire qu'on n'y peut rien. Ils engagent quelques plaisanteries avec les ouvriers pour détendre l'atmosphère, mais cette détente ne dure pas longtemps. Les jurons, les cris, les échanges de mots violents entre travailleurs et contre maîtres se multiplient. L'infirmerie se peuple de malades et d'accidentés de travail. Léonard et Camille décident de « faire quelque chose ». Ils se renseignent et trouvent le domicile du vieux délégué syndicaliste qu'ils ont vu tenir un meeting. Ils s'y rendent pour lui demander des conseils. Ils décrivent avec tous les détails toute la situation qui prévaut dans leur usine, y compris la traîtrise des délégués. Je suis content de votre initiative, répond le vieux délégué. Pour commencer, il faut que vous soyez de véritables pionniers dans la lutte pour construire et renforcer le mouvement ouvrier dans l'usine. Il faut être très courageux et accepter des sacrifices. Amenez avec prudence vos proches, par des discussions, à prendre massivement des cartes du syndicat. Je dis « avec prudence » parce que le patronat est sans pitié à l'égard de tous ceux qui tentent d'organiser les ouvriers pour se battre. Il trouve toujours un prétexte pour les licencier, dans le but d'étouffer leur action dans l'œuf. Ensuite, entrez en contact avec les responsables de l'intersyndicale pour tenir une assemblée générale et monter un bureau fort, qui est indépendant des délégués actuels. Si les ouvriers le demandent, soyez prêts à être élus dans ce premier bureau. Ce sera à lui de travailler à unir les ouvriers, à recenser leurs problèmes, à les défendre et à exiger l'élection des délégués de personnels comme écrit dans les textes, puisque le délai est dépassé depuis plus d'un an. Si le principe d'élection est obtenu, préparez-la bien, pour que des militants ou sympathisants honnêtes et courageux du syndicat soient élus comme délégués. C'est alors que vous pourrez faire entendre votre voix au patronat et vous organiser pour lutter avec l'ensemble du mouvement syndical. Pour terminer, convainquez-vous et travaillez à convaincre l'ensemble des ouvriers d'une chose : vous êtes vous-mêmes vos propres sauveurs. C'est vous-mêmes qui vous organiserez et lutterez, avant d'avoir le soutien de l'ensemble du mouvement syndical. Plus tard vous comprendrez le sens véritable et la portée de la lutte de la classe ouvrière grâce aux enseignements de grands éducateurs du prolétariat. Les deux ouvriers se retirent en remerciant le vieux délégué pour ses conseils. Ils promettent de revenir le voir s'il y a des problèmes. Sur le chemin du retour, ils parlent de l'homme et de la conversation qu'ils viennent d'avoir avec lui :

C'est cela un homme de foi, qui nous comprend ! dit Camille, après qu'ils aient marché sur une dizaine de mètres. As tu remarqué la force et la précision de ses paroles ?

On sent beaucoup de courage par ses mots qui vous pénètrent comme des flèches, et on gagne soi même le courage de lutter.

Il faut que nous venions plusieurs fois pour voir cet homme d'expérience. Nous avons beaucoup à apprendre avec lui.

Quand Camille et Léonard rejoignent leur usine, ils ont une vue plus claire de la maison : d'un côté et avec eux, les centaines de travailleurs et ouvriers partageant des souffrances injustes, de dures conditions de vie et de travail et qui sont appelés à lutter ; en face d'eux la poignée de patrons exploiteurs avec tous leurs complices. Sont parmi leurs complices, leurs délégués corrompus, les flics déguisés en ouvriers, le gouvernement, etc. Dans leurs luttes, ils auront donc tous ces gens contre eux…Il y a de quoi se décourager. Mais à y réfléchir, les ouvriers ne sont pas si impuissants que cela. Certes, ils ne possèdent pas l'outil de production, n'ont pas d'argent, ni de police, ni d'aucun pouvoir de décision et les lois ne sont pas en leur faveur, mais ils sont maîtres de la production qui donne aux patrons leurs milliards. Il suffit qu'ils arrêtent leurs machines pendant quelques temps et des millions, voire des dizaines de millions s'envolent en fumée. Et c'est précisément là leur force. La grande bataille est de s'entendre pour arrêter les machines, empêcher la production, pour obliger les patrons à prendre au sérieux leurs problèmes. Les deux ouvriers mesurent la difficulté de la tâche.

XII

Monsieur l'Abbé Juan pose pendant deux secondes un genou au sol, devant le tabernacle où il vient de déposer le calice. Il prend le livre saint déposé sur l'autel, et rentre dans la sacristie par l'une des deux portes qui ouvrent sur l'intérieur de l'église. Un quart d'heure plus tard, il se débarrasse de sa soutane, et sort de la salle. Il se dirige vers la procure quand, soudain, son regard rencontre la jeune fille qui vient au loin, et qu'il semble reconnaître... Oui, c'est bien elle. Il lui a donné la confession avant-hier soir à l'église. Elle est très belle et sa tenue lui convient parfaitement. M. l'Abbé Juan ralentit son pas pour lui adresser quelques mots. La fille, qui semble pressée, lui dit bonjour la première.

Tiens, tiens ! Où va-t-on de ce pas rapide ? demande le religieux.

Je veux rattraper ma petite sœur, M. l'Abbé.

Pourquoi ne passes-tu pas souvent à la paroisse ?

Je viens tous les dimanches pour la messe.

Passe me saluer un jour... Demande après M. l'Abbé Juan.

D'accord, M. l'Abbé.

Et la fille disparaît. Elle paraît timide, craintive. Peut-être a-t-elle quelques problèmes personnels que je l'aiderais à résoudre ?, pense-t-il en entrant dans la procure.

Quatre jours plus tard, la jeune fille demande et frappe à la porte du bureau du religieux.

Oui, entrez !

Dès qu'elle ouvre la porte, un sourire s'allume sur le visage de M. l'Abbé Juan. Il se lève et l'accueille à bras ouverts.

Assieds-toi !...Quel bon vent t'amène chez nous ?

Je passe vous dire bonjour.

C'est gentil. Comment vont tes parents ?

Très bien.

Pries-tu souvent notre seigneur Jésus ?

Oui.

Places-tu toute ta foi en lui ?

Oui, M. l'Abbé.

Vraiment?

Pourquoi vous en doutez? Qu'en savez-vous ?

Tu as l'air d'avoir des problèmes... Souvent les jeunes ne pensent pas au seigneur quand ils ont quelques petits problèmes...Tu es mariée ?

Non j'ai un fiancé.

Est-ce que vous vous aimez bien ou... est-ce par un « don de femme » ?

Non, nous nous aimons bien et préparons le mariage. Nous viendrons nous inscrire ici.

Il faut bien préparer la place de notre seigneur Jésus dans votre foyer, telle est la volonté de Dieu.

Fouillant dans le tas de papiers déposé sur son bureau, l'Abbé Juan trouve une jolie image de la Vierge Marie. Il la donne en cadeau à la jeune fille en disant :

J'ai une rencontre spirituelle dans quinze minutes. Excuse-moi. Reviens souvent me voir, surtout si tu as des problèmes. Salue tes parents.

Merci, M. l'Abbé, je n'y manquerai pas.

La jeune fille revient plusieurs fois chez le religieux, soit seule, soit avec ses amies ou parents. L'Abbé la couvre de cadeaux : des images, des statues, des médailles et des chapelets. Ces derniers temps, il lui donne même parfois un peu d'argent et insiste pour qu'elle le prenne quand elle hésite à l'accepter. Il l'a même envoyée une fois, avec une clé, sans aucun gène, dans sa chambre située à quelques pas du bureau, pour lui chercher sa bible. Les relations de la jeune fille avec M. l'Abbé Juan n'inquiètent pas ses parents, car ils ont totalement confiance aux hommes de Dieu. Mais son fiancé a quelques craintes quand elle lui raconte leurs fréquentations et les largesses du religieux. Il a entendu une affaire de femme concernant le curé d'une paroisse. Ce curé a été surpris dans les bras d'une femme par son mari, et chassé à coups de bâtons. C'est pourquoi il préfère que sa fiancée prenne de plus en plus de la distance vis-à-vis de cet Abbé. Mais il ne dit rien à la jeune fille, de peur d'être taxé de « trop jaloux » ou de « manquer de confiance aux hommes d'église ».

Un soir de décembre que la jeune fille est venue s'entretenir avec l'Abbé Juan dans son bureau, celui-ci l'envoie avec la clé de sa chambre pour y chercher un chapelet, qu'il aurait accroché dans une armoire. Mais pendant qu'elle cherche sans trouver le chapelet, M. l'Abbé Juan entre dans la chambre et la referme à clé. La fille comprend le piège mais trop tard. En un temps deux mouvements, le religieux se débarrasse de sa robe et vient vers la jeune fille en short et en débardeur. Il lui dit en la tirant par le bras :

Viens petite, n'aie pas peur de moi… Allez, viens !

Mais M. l'Abbé !…M. l'Abbé !…proteste-t-elle en tremblant.

Il l'attire et la fait tomber sur le lit. Elle tente de toutes ses forces de se dégager des bras musclés du religieux qui l'emprisonnent. Malgré ses efforts, il réussit à défaire les boutons de sa jupe et les bretelles de son corsage. La fille se débat mais sans succès. Elle pense un instant à crier, mais elle se retient par crainte du scandale. Fatiguée, suant à grosses gouttes, elle sent ses forces l'abandonner. Les mains du religieux sont sur ses seins qu'il a mis à nu. Elle proteste en suppliant :

Ne faites pas ça M. l'Abbé… Je ne veux pas…

Moi je te veux. Tu es très belle… Tais toi et fais ce que je demande.

Non ! Pas ça…Laissez moi M. l'Abbé !... Non !…

Ses cris, au lieu de l'arrêter, semblent au contraire l'exciter encore plus. Reposant tout son poids sur sa victime, les muscles bandés, il finit de la déshabiller et la viole pendant un quart d'heure. Dès qu'il a fini l'acte, il se rhabille et sort en la laissant seule dans la chambre. Effondrée, face contre le matelas, elle pleure pendant un bon moment, ne comprenant toujours pas comment cela a pu lui arriver. Enfin, elle se met dans la douche, puis reprend ses habits. Elle reste assise sur le lit en mesurant les conséquences de cet événement. Comment va-t-elle se comporter ? Comment faire ? Le dire à ses parents? À son fiancé ? Non ! Surtout pas à son fiancé… Celui-ci l'abandonnerait à son sort pour une autre, s'il était mis au courant. Et ses parents ? Comment ceux-ci pourraient réagir ? Ne créeraient-ils pas le scandale en allant menacer publiquement le religieux, ou en informant autour d'eux ? Même s'ils informaient l'évêque seul, quelle en serait la conséquence ? Et si la nouvelle sortait, ne serait-elle pas elle-même couverte de honte et ne serait-elle pas la risée de toutes ses rivales ? Toute leur famille serait indexée dans le quartier et, de bouche à oreille, la famille de son fiancé en serait informée … Non ! Elle gardera courageusement le secret jusqu'à sa mort car elle ne veut pas perdre son fiancé. Peut-être qu'avec lui, elle sera consolée de la blessure physique et morale dont elle vient d'être victime. Elle se débrouillera pour que personne ne le sache. En attendant, elle demandera à son fiancé de changer de paroisse pour inscrire leur mariage. S'il cherche à comprendre, elle trouvera des raisons. Pourvu que ce qui s'est passé n'affecte pas dangereusement sa santé !

Le jet d'eau que le jardinier déverse sur les fleurs, au dehors, lui rappelle qu'elle est encore dans la chambre du religieux. Il faut qu'elle s'échappe d'ici au plus tôt, avant que son violeur ne revienne, et sans que personne ne la voie. Elle attend alors que le jardinier fasse le tour du bâtiment, risque un regard aux alentours et sort sur la pointe des pieds en rabattant la porte. Sur le chemin du retour à la maison, elle revoit l'image de son Abbé trompeur. Ainsi donc ses homélies et ses sermons très aimés par les fidèles, ses « bons » conseils, ses rapports tendres avec les gens, ses comportements de saint, n'étaient que pure hypocrisie ! Les mots pieux qu'il prononçait et les cadeaux qu'il lui donnait n'étaient qu'un moyen intelligent pour avoir ce qu'il voulait ! Dieu lui paiera ce qu'il a fait! , jure-t-elle en ouvrant le portail de sa maison.

Elle trouve sa mère, son père, sa petite sœur et ses deux frères autour du repas familial. À la question de son père sur la cause de son retard, la jeune fille contient son humeur pour ne pas trahir son comportement habituel et dit :

J'étais chez M. l'Abbé Juan. Ils avaient une prière spéciale pour les malades, qui a duré une heure, et il m'a demandé d'y participer. Il m'a chargé de vous saluer.

Toi et ton Abbé… Si ça continue comme ça, tu finiras par travailler à la mission. T'a-t-il donné un cadeau aujourd'hui ?

Non… J'étais vraiment touchée par la prière des malades.

Continuant sa route vers sa chambre, la jeune fille rougit de honte pour le mensonge qu'elle vient de fabriquer pour ses parents. Le mensonge est un péché, pense-t-elle. C'est un délit condamné par la société mais il est parfois nécessaire pour sauver des situations…

Elle ressort de sa chambre et mange très peu. Ce jour là elle connaît une nuit très agitée. Jusqu'à deux heures trente du matin, elle ne trouve pas le sommeil, se mettant parfois à pleurer, de ce pleur douloureux qui s'empare d'une jeune fille blessée jusqu'au plus profond de sa personne. Elle pense qu'elle a été victime de sa naïveté. Elle se met à réfléchir : suffit-il dans ce monde d'être innocent, bon, humble, et de prier avec foi pour être protégé par Dieu, ou faut-il souvent réagir contre les forces du mal, avec violence s'il le faut ?

Elle ne sent pas en elle la force de répondre à ces questions. Mais peut-elle s'empêcher d'y réfléchir un jour ? Pour l'instant elle se sent seule… seule à couver une douleur qu'elle est obligée d'étouffer. Elle a besoin d'un soutien. Où peut-elle trouver ce soutien sans se découvrir ? D'un parent, d'une amie, ou de qui alors ? À ces pensées elle voit défiler devant ses yeux, des images tendres, douces et protectrices d'une personne qui lui sourit et qui l'attend : son fiancé. Son cœur se met à battre plus fort, activé par l'amour qu'elle ressent pour lui. Dès qu'elle le retrouvera, elle recherchera une consolation auprès de lui. Cet espoir calme sa douleur. Il est trois heures du matin. En fermant ses yeux rougis par les larmes, elle s'endort enfin.

XIII

ans l'usine SIFAC, et aussi dans la cité ouvrière, Léonard et Camille discutent avec leur entourage sur la situation pénible que vivent les ouvriers. Après s'être procuré les cartes du syndicat, ils conseillent à leurs proches de les prendre. Leurs conseils sont bien accueillis. À leur grande satisfaction, des dizaines d'ouvriers prennent leurs cartes syndicales. Les idées sur la lutte syndicale, que les deux amis donnent dans les causeries, les pénètrent. À présent, chacun apprend à résister et à répondre aux paroles injustes des contremaîtres. Ils ridiculisent les lâches comportements des délégués. Souvent ils se moquent d'eux, allant jusqu'à attribuer à chacun un surnom.

Il est dix heures ce lundi vingt huit janvier. Alors que tout le monde est à son poste de travail, un ouvrier d'une trentaine d'années s'évanouit sur la chaîne de polissage. Alerté, le chef de production met du temps à faire arrêter les machines pour apporter du secours d'urgence au malade. Les ouvriers de son atelier en sont énervés. Quatre ouvriers de son voisinage s'interpellent et portent le malade au dispensaire, refusant le conseil d'un des délégués, d'attendre la décision du chef. La vacance des cinq postes pendant trente minutes provoque des défauts de fabrication d'un lot de chaussures à reprendre. Sans demander l'état du malade, le chef de production fait convoquer les quatre ouvriers secouristes et décide de leur administrer des mises à pied… C'est la goutte d'eau qui fait déborder le vase. Spontanément, tous les ouvriers arrêtent le travail et se rassemblent autour des délégués. Ils manifestent bruyamment et leur demandent d'intervenir contre ces sanctions injustes. Devant les hésitations des délégués, Léonard et Camille proposent de former sur-le-champ un « comité d'initiative » pour résoudre le problème. Leur idée est acceptée, et tous les travailleurs de l'usine sont convoqués en réunion autour des délégués. Contre l'opinion de ces derniers, qui passent leur temps à appeler au « calme » et à la « patience », l'assemblée générale décide de former deux délégations : l'une composée de Léonard, de Camille, de deux témoins de l'incident et de deux délégués, pour demander à rencontrer le chef de production ; l'autre formée de deux ouvriers de la section du malade, de deux de ses amis et de deux délégués pour se rendre au dispensaire, afin de répondre aux divers besoins d'urgence pour sauver le malade. Rendez-vous est pris à la descente de l'équipe pour entendre les deux comptes rendus. Le personnel s'arrange pour occuper provisoirement les postes vacants.

Cette organisation rapide des ouvriers permet de lever les sanctions, de rétablir rapidement la santé du malade, et de ramener le calme dans l'usine. Dans cet événement, Léonard et Camille se distinguent par leur courage, leurs interventions claires et intelligentes, et leur esprit de solidarité parmi les ouvriers. Ceux-ci voient désormais en eux leurs porte-parole. Ils viennent vers eux par petits groupes, soit pour donner une information, soit pour demander des conseils. Les délégués sont ignorés et n'ont désormais que le nom. Ceux-ci attirent l'attention des chefs sur Léonard et Camille, qu'ils montrent comme des « meneurs de petits groupes » qui ne les respectent pas.

Un jour, sous la pression des ouvriers, les délégués acceptent de convoquer une assemblée générale de l'usine, à une heure de repos de toutes les trois équipes. La plupart d'entre eux étant syndiqués, ils en profitent pour appeler les ouvriers à former un bureau provisoire du comité syndical à la fin de l'assemblée générale. Tout se passe comme prévu. Léonard et Camille sont élus avec trois autres ouvriers, comme membres du bureau provisoire. Cette équipe de cinq membres est chargée d'organiser, en invitant les responsables syndicaux, l'élection du bureau définitif selon les statuts du syndicat. Elle a aussi pour rôle de régler, avec les délégués, les problèmes urgents qui pourraient se poser. Léonard et Camille décident de rendre compte des derniers événements survenus dans leur usine au vieux délégué syndical, et d'entendre sa réaction. Depuis trois mois qu'ils se sont entretenus avec lui, ils ne l'ont pas revu. Ils sont pressés d'avoir ses idées.

Bonne arrivée, dit le vieux syndicaliste dès qu'ils apparaissent à la porte. Prenez place. (Il est assis avec trois autres ouvriers dont une jeune femme d'une trentaine d'années.).

Merci Monsieur, dit Camille.

Camarade ! Tutoyez moi. Nous sommes tous des camarades. Le travail et la lutte ouvrière nous a unis et mis sur le même pied d'égalité… (Puis se tournant vers les autres ouvriers). Je vous présente Léonard et Camille, deux militants ouvriers de l'usine SIFAC. (Et aux deux nouveaux venus). Voici le camarade Omar, responsable du syndicat des travailleurs de la SOEL ; le camarade Bila, secrétaire adjoint du syndicat des travailleurs de mon usine SNIB et la camarade Berthe du syndicat des travailleurs de la CPC… Alors, comment ça va maintenant à la SIFAC ?

Ca va bien grâce à tes conseils.

Léonard et Camille lui racontent tout ce qui s'est passé à la SIFAC, depuis leur première rencontre. Ils terminent en disant : Voici où nous en sommes et nous avons besoin de tes conseils pour la suite.

Je vous félicite pour l'esprit d'initiative, de sacrifice et d'organisation dont vous avez fait preuve. Cela a permis de remporter d'importantes victoires. Outre la levée des sanctions, la mise sur pied du comité syndical, vous avez posé les jalons d'une organisation ouvrière forte et combative à la SIFAC. Vous contribuez ainsi à la lutte de la classe ouvrière. L'ensemble du mouvement ouvrier vous en sera reconnaissant. La voie à suivre étant claire, je n'ai pas d'autres conseils à vous donner. J'ajouterai seulement ceci : dès la mise sur pied du bureau définitif du comité syndical, si vous en faites partie, travaillez à une bonne entente entre les membres du bureau. Ceci passe par un travail de formation syndicale, pour avoir une conscience élevée de la lutte ouvrière. Je peux vous aider dans ce sens.

Merci d'avance… Nous te demandons congé.

Attendez un peu que nous prenions un verre ensemble.

Le vieux délégué envoie son fils pour acheter quelques bouteilles de boissons, puis demande à sa femme de servir le petit groupe. Quand tous les verres sont servis, il lève son verre et dit : À votre santé et à des victoires dans notre lutte ! Les autres répondent avant de boire. Ils conversent un moment, riant par moment aux plaisanteries du vieux délégué, échangent quelques nouvelles sur les quatre usines avant de se séparer.

Léonard et Camille sont frappés par la simplicité de ce petit groupe, particulièrement du vieux délégué syndical qui les traite tous comme des frères. Il a des solutions pratiques pour les problèmes et une large connaissance des choses de la vie. Il doit même avoir un niveau d'étude élevé, car on voit une bibliothèque bourrée de livres dans son salon. Léonard s'interroge alors sur le parcours et la vie de cet ouvrier de la SNIB depuis sa jeunesse.

XIV

Le barrage de Zado est un lieu où il fait bon se promener. L'eau calme de cette retenue s'étend à perte de vue. On voit çà et là des martins pêcheurs qui planent jusqu'à toucher la surface de l'eau, à la recherche de petits poissons. Dans la fraîcheur du matin, quelques pêcheurs solitaires rament doucement leurs barques silencieuses, en glissant avec grâce vers des directions inconnues. Ils déploient leurs filets qui disparaissent au milieu de flotteurs qu'ils ont placés sur l'eau. Vers le bord du barrage, là où l'eau est peu profonde, on peut par moment voir des poissons jaillir et plonger, puis disparaître en profondeur. Des nénuphars étalent leurs feuilles sur la surface de l'eau, marquant çà et là sur elle des taches vertes.

C'est le lieu favori des jardiniers et des fleuristes. En aval du barrage, et de chaque côté du grand déversoir qui évacue le trop plein d'eau, ils disposent en ordre des pépinières ou des jardins de légumes verts. Plus loin, s'étend une forêt dense dans laquelle gazouillent des oiseaux diversement colorés et de différentes espèces. Au-dessus des grands arbres, planent une nuée d'hirondelles et de chauves-souris. Cette forêt cache et protège de nombreux animaux sauvages. L'air transporte des parfums de verdure qui caressent agréablement les narines. C'est vraiment là que la nature donne un rendez-vous à ces créatures vivantes les plus pures. C'est là que quelques petites gens, recherchant le calme et la fraîcheur, fatiguées du brouhaha des voisins, des fumées et des bruits des machines que l'on entend au loin, ainsi que du rythme infernal de travail, aiment venir se promener les soirs avant de rejoindre leur domicile. Léonard et Camille y viennent dès qu'ils ont un peu de temps de repos.

Ce soir, ils marchent sur une piste, qui se faufile entre des bosquets dissimulés, pour rejoindre la digue du barrage, sur laquelle ils aiment s'asseoir et bavarder, tout en admirant l'étendue de l'eau. Soudain, cinq individus masqués leur barrent le passage. Ils sont tous corpulents et physiquement forts. L'un d'eux s'adressent à eux :

Où allez-vous … les deux syndicalistes ?

Qui êtes-vous ? demande Léonard.

Pas besoin de le savoir ! C'est vous qui troublez la production des biens de l'usine ?…Vous allez voir !…

Comment ça ? tente de répliquer Léonard.

Nous allons corriger votre insolence. Tiens ça !

Un violent coup de poing à la mâchoire de Léonard lui fait perdre l'équilibre. Il se retrouve dans les bras de celui qui se tient légèrement derrière lui. Camille tente d'intervenir, mais n'en a pas le temps. Il reçoit un coup de bâton sur la nuque qui le projette contre un arbre. Léonard quant à lui, est neutralisé par derrière par l'un des bandits, qui entreprend de le fouiller. Puis il est bousculé vers un autre, qui l'accueille avec un violent coup de pied au ventre, qui l'envoie à terre. Ils sont roués de coups et sont tout couverts de sang. Les deux compagnons tentent de résister mais peine perdue ! Ils sont sérieusement battus et abandonnés dans le bois, presque sans conscience. C'est Léonard qui réussit à se traîner sur environ cinq cent mètres à la recherche d'un secours, à l'aide d'un bras et d'une jambe, les autres membres étant sérieusement blessés. Les jardiniers alertés leur viennent en aide. Ils chargent les deux ouvriers sur une charrette d'âne pour les amener au dispensaire. Ils reçoivent les premiers soins, puis c'est le défilé des ouvriers de l'usine SIFAC pour les assister. Le vieux syndicaliste informé, se rend aussitôt à leurs chevets. Il leur laisse un peu d'argent et les encourage à supporter leur douleur. Même de retour à son usine, il envoie des gens demander l'évolution de leur état de santé. Le vieux Bitirga aussi est informé de ce qui est arrivé à son fils. Il se garde d'en parler à sa femme, de peur de l'éprouver une nouvelle fois après le décès d'Henri. Il fait le déplacement et trouve Léonard et son ami Camille couchés, couverts de blessures et souffrant de douleur. Il y reste quelques jours avant de rentrer à Saint Dénis pour rassurer sa famille. Il promet d'envoyer Gaston avec Albert pour les petites courses, vu que la situation des malheureux est hors de danger. Les patrons de la SIFAC, mis au courant, se déplacent aussi avec une forte délégation pour les voir. Ils ont du mal à se frayer un passage entre les ouvriers. De manière hypocrite, ils prennent sur le champ en charge tous les soins, et leur fait apporter régulièrement une nourriture spéciale jusqu'à leur guérison. Ils ordonnent que toutes les heures d'alitement des deux ouvriers soient payées et même bonifiées d'un point. Ceci étonne tous les ouvriers mais ils comprennent ce comportement des patrons, eux qui n'avaient même pas voulu arrêter le travail pour soigner un de leurs camarades évanoui. Souvent, la prise en charge d'un accident de travail nécessite de longues discussions et voilà que ce sont eux qui se montrent très préoccupés par la santé des deux délégués agressés. Tous les patrons exploiteurs sont partout les mêmes. Ils se cachent pour faire du mal à tous ceux qui tentent d'organiser les employés pour résister à l'exploitation, et veulent paraître « innocents », « humanistes », et « sensibles aux souffrances de leurs travailleurs », pour tromper l'opinion publique.

Les ouvriers font vite le lien entre ce comportement des patrons et les personnalités que représentent à leurs yeux les deux courageux délégués. Ce sont des ouvriers auxquels les patrons doivent faire attention, car le plus petit manquement à leur égard peut provoquer une catastrophe à l'usine ; le personnel ne le leur pardonnerait pas et…Bonjour les grandes pertes pour arrêts de travail ! C'est donc un comportement plutôt commandé par la peur des ouvriers, que par un véritable humanisme. Deux autres objectifs poursuivis par un tel comportement sont un espoir de corrompre les victimes, et de semer une méfiance des ouvriers envers eux, pour diminuer leur influence dans le syndicat.

Le syndicat de la SIFAC, de concert avec l'intersyndicale, demande aussitôt l'ouverture d'une enquête pour démasquer les agresseurs et leurs commanditaires. Ce qui est sûr, il ne s'agit pas de voleurs puisqu'ils n'ont rien pris aux deux ouvriers. C'est un acte qui a un lien avec la situation de l'usine SIFAC, si on se réfère aux propos des bandits. La police a trouvé sur les lieux un papier signé « Le vigilant » et où il est écrit à l'intention des deux victimes : « Ceci n'est qu'un avertissement. La prochaine fois, c'est la mort et l'enfer ! ». Ces éléments qui s'ajoutent aux paroles prononcées par les bandits au moment de l'agression, et dont Camille et Léonard se souviennent, font peser de forts soupçons sur le patronat de l'usine SIFAC.

Après un long moment, les interrogations des ouvriers sur l'identité des agresseurs et de ceux qui les ont payés et envoyés, restent toujours sans réponse. Des délégations de l'intersyndicale accompagnées de représentants du syndicat de la SIFAC se rendent à la police pour demander la suite de l'enquête. Nous sommes sur une piste. Nous interrogeons des témoins, mais nous avons de réelles difficultés que nous ne pouvons pas vous révéler, leur répond le Commissaire de police. Les syndicalistes comprennent par cette déclaration que la police est l'objet de beaucoup de pressions, et que peut-être, elle a déjà mis en lumière l'identité des agresseurs et des commanditaires ainsi que les raisons de l'agression.

Léonard et Camille sortent du dispensaire, guéris de leurs blessures, au bout de vingt deux jours. Ils reprennent leur travail à l'usine, à la satisfaction de leurs camarades. L'admiration et l'affection que beaucoup d'ouvriers de la SIFAC et même des autres usines ont désormais pour eux ont augmenté après cet évènement, à tel point qu'ils sont considérés comme des héros.

Après quelques jours de travail, Léonard demande une autorisation de quarante huit heures pour rentrer à Saint Dénis. Cette autorisation est vite accordée avec la possibilité de la prolonger de quarante huit heures.

Sur la route de Kira, il s'interroge sur ce qui se passe à Saint Dénis, dans sa famille et chez ses amis. Sa mère a-t-elle été informée sur son état, et rassurée ? Maïmouna et Sylvain ont-ils été informés ? Et sa bien-aimée Thérèse ? Il avait donné l'instruction de ne pas les informer avant son retour. Il a soif de les revoir tous et de revivre leur bonne compagnie.

XV

La jeune fille violée est allée en secret pour se confier à un docteur, à qui elle a demandé de ne rien dire à personne. Elle ne lui a pas dit le nom de celui qui l'a violée, et a demandé un examen médical. Heureusement, elle n'a pas de problème de santé. Depuis plus d'un mois que le viol a eu lieu, elle n'est plus allée vers la mission catholique, de peur d'y rencontrer l'Abbé Juan.

À la messe d'aujourd'hui, elle est venue plus tôt que d'habitude pour réciter une prière avant le début de l'office. Par la grande porte d'entrée ainsi que par les portes latérales, des fidèles de tous âges pénètrent dans l'église ; ils se frayent un chemin et choisissent une place pour s'asseoir... Le catéchiste de semaine invite enfin l'assistance à se lever pour recevoir le prêtre pour le début de la messe. Accompagné par deux enfants de chœur, Monsieur l'Abbé fait son entrée devant les fidèles. Il dépose le matériel sur l'autel, se prosterne puis s'adresse à l'assemblée.

La jeune fille lève les yeux et regarde en direction de l'autel. Ce qu'elle voit la paralyse sur ses deux jambes : M. l'Abbé Juan, son Abbé violeur, est là en chair et en os pour célébrer la messe du dimanche. Non ! Ce n'est pas possible ! se dit-elle. Après un tel acte, il ose encore venir pour s'adresser aux fidèles ! Je ne peux pas écouter les paroles prononcées par un tel imposteur. Faisant un signe de croix, elle quitte son siège sous le regard surpris de quelques fidèles, puis sort de l'église, la face à moitié dissimulée sous son châle.

Après avoir marché sur environ cinquante mètres, elle se met à réfléchir sur ce qu'elle vient de faire. Est-il chrétien de déserter la messe à cause d'un individu ? N'est-elle pas venue pour prier Dieu, et non les hommes ? Même si celui qui célèbre la messe n'est pas sérieux, n'est-il pas un humain ? Les paroles qu'il prononce et les gestes qu'il accomplit à la messe viennent de Jésus. Ne dit-on pas quelque part dans les écritures saintes : … Fais ce que je dis mais ne fais pas ce que je fais…? Commettre un péché est humain et non divin… Mais elle aussi est un humain. Pourquoi demande-t-on à elle des qualités de saint, alors que ceux-là même qui sont spirituellement formés pendant des années, qui ont reçu des diplômes, des sacrements spéciaux et ont prononcé des vœux tombent aussi facilement dans les tentations terrestres ? Eux qui doivent être des intermédiaires entre Dieu et nous, ont-ils le droit de se laisser aussi facilement tenter par le diable ? Comment peut-on être à la fois proche de Dieu et aussi proche de Satan ? Même si je restais à cette messe, je ne pourrais pas me concentrer pour prier, rien qu'à entendre ou réentendre sa voix. Je ne pourrais pas prendre au sérieux ses dires dans l'homélie… Alors, à quoi bon rester ?

Pendant qu'elle marche en pensant sans regarder qui la dépasse et qui la rencontre, un jeune homme, descendant de sa bicyclette, lui barre volontairement le chemin. Étonnée, elle recule de quelques pas puis, ayant reconnu le jeune homme, elle s'avance et saute au cou de son fiancé pour l'embrasser.

Léonard mon chéri !...

Elle se rend compte que son fiancé est blessé et porte des cicatrices un peu partout sur le corps. Elle le regarde surprise et lui demande :

Que t'est-il arrivé ?

Je t'expliquerai plus tard. J'ai été chez toi et on m'a dit que tu es venue à la messe. Je suis venu aussi pour suivre… Tu reviens déjà ?

Je n'ai pas attendu.

Reviens avec moi.

Non ! Laisse passer cette messe et retourne avec moi.
Pourquoi ?

Rien. Reviens nous allons partir chez toi. Tu pourras aller prier après ça si tu veux. (Elle le tire par le bras et le garçon cède à sa demande).

Aussitôt arrivée dans la chambre de Léonard, Thérèse propose : Assieds toi, là ; je veux reposer ma tête sur toi. J'avais vraiment besoin de toi. Léonard, surpris par cette soudaine demande de sa fiancée, s'assoit sur le lit ; elle se couche, la tête sur les cuisses du garçon, qu'elle oblige à rester dans cette position pendant une trentaine de minutes, pendant qu'ils bavardent. Thérèse se sent soulagée, très heureuse. Son esprit agité et fortement mis à l'épreuve ces derniers temps, est apaisé. Elle se sent délivrée d'un lourd fardeau. Bercée par tout l'espoir qu'elle place en son Léonard et le contact tiède de ses cuisses, elle s'endort. À son réveil, Léonard n'est plus là et sa tête repose sur un oreiller. Le garçon parle au dehors avec Sylvain et Gaston, tandis que Sabine est à la cuisine. Thérèse, après avoir salué Sabine et échangé quelques mots avec elle, vient prendre place avec les trois garçons pour participer à la causerie. Léonard leur raconte ce qui lui est arrivé à Zado. Quand elle décide enfin de rentrer chez elle, elle a un bon moral. Elle se sent aussi légère qu'auparavant. Elle plaisante avec Léonard et rit aux éclats. À mi chemin, elle dit à Léonard :

Laisse tomber tes histoires de syndicat.

Pourquoi ? Tu ne comprends pas. Si nous ne luttons pas, nous sommes morts.

Mais ne sois pas devant, c'est très dangereux. Je ne veux pas que quelque chose t'arrive.

Je ne suis pas seul « devant » et dans cette lutte. Calme toi. Il nous faut lutter pour améliorer notre situation. Et il faut qu'il y ait des gens « devant » dans toute organisation. Nous ne serons pas toujours « devant ». Ce n'est que notre tour, d'autres personnes comme moi y passeront.

D'accord mais regarde ce qui t'arrive. Ça aurait pu être plus grave…Parlons d'autres choses.

Quoi ?

Quand est-ce que tu enverras ta famille pour demander ma main ?

Je suis venu pour cela. Mes parents s'apprêtent pour venir dans quelques jours. Ma présence ne sera pas nécessaire.

Huit jours plus tard, le père Bitirga, accompagné par deux anciens de la grande famille, se rend dans la famille de la jeune fille pour demander sa main. Les démarches sont volontairement facilitées par les parents de Thérèse, qui sont contents d'avoir pour gendre Léonard. Bien que de fortune modeste, le jeune ouvrier est bien vu, il est de très bonne éducation. Un mois plus tard, le mariage traditionnel est célébré, puis le mariage légal dans la mairie du troisième arrondissement de Kira. Toutes ces cérémonies connaissent une forte participation des amis, parents et voisins des Bitirga, ainsi que des camarades et amis ouvriers de Léonard venus de Zado. Léonard remarque en particulier la présence du vieux délégué syndical et de Camille. Sylvain et Maïmouna se donnent beaucoup dans l'organisation matérielle des deux mariages. La cérémonie religieuse est reportée à plus tard, mais à la demande des Bitirga, Thérèse peut dès à présent déménager de chez elle. La joie de la jeune fille est immense. Elle pourra enfin rester avec son cher Léonard.

Mais, conséquences de cette union, l'ouvrier est conscient des problèmes qui l'attendent : il devient, sans aucune expérience, responsable d'une famille. Il faut se préparer à une vie commune avec Thérèse, à assumer de nouvelles tâches, et à préparer la venue d'un enfant. Il faut qu'il cherche un autre logement plus adapté à sa nouvelle situation, et payer sûrement plus cher le loyer, car il ne veut pas laisser sa femme à Kira. Désormais, pour les grandes questions touchant à la vie, il faut qu'il tienne compte de l'opinion de Thérèse, qui s'est engagée à vivre avec lui pour le meilleur et pour le pire, jusqu'à la mort. Il éprouve à la fois de la joie intérieure et de la crainte : la joie de vivre avec la fille qu'il aime, mais aussi la crainte de l'inconnu...Comment sera cette vie ? Sera-t-elle plus facile ou moins facile pour eux ? S'aimeront ils comme avant, quand chacun découvrira certains défauts cachés de l'autre ? Et leurs rapports avec les parents respectifs, les amis, les camarades de travail, comment les régler désormais ? Il y a aussi les luttes sociales, syndicales en particulier dans lesquelles Léonard vient de s'engager corps et âme. Comment sa femme verra-t-elle ces luttes ? Soutiendra-t-elle son mari dans les difficultés ? Comprendra-t-elle son engagement dans le mouvement ouvrier, ou en sera-t-elle au contraire déçue ? Cela constituera-t-il une grande épreuve à surmonter dans son engagement syndical ?

Dans les entretiens qu'ils ont eus avec le vieux syndicaliste ouvrier, celui-ci ne leur a pas caché les risques de leur lutte. Ils peuvent en être réprimés et la répression peut aller jusqu'à l'emprisonnement ou le licenciement, et même la mort. L'agression barbare, dont lui et son ami viennent d'être victimes, est également une conséquence de leur engagement. Malgré cela ils ont réfléchi et ont choisi cette voie, car c'est la seule voie digne pour améliorer les conditions de la classe ouvrière. Thérèse accepterait-elle les difficultés d'un tel choix ? Toutes ces questions tourmentent le jeune ouvrier, quand il médite seul dans sa chambre. Quoiqu'il en soit, il faut qu'il travaille à créer d'abord les meilleures conditions possibles pour eux, malgré les difficultés. Comment pourrait-il faire pour cela ? Léonard pense d'abord à assurer des conditions matérielles acceptables à Thérèse. Ensuite il faut qu'il discute souvent avec elle, à cœur ouvert, des grandes questions, en lui donnant toutes les informations nécessaires, pour lui permettre de juger les problèmes comme ils se posent et en toute liberté. Il faut qu'il lui explique et qu'elle comprenne la nécessité pour les ouvriers de lutter. Si elle pouvait s'engager à ses côtés !... Rien ne doit gêner leur amour et leur confiance réciproque l'un à l'autre, pas même la répression. Par exemple, il n'est pas question de la laisser ignorante de ce qu'il gagne par mois, de ce qu'il en fait, de leurs conditions de travail à l'usine, de tous les problèmes qu'ils rencontrent et des solutions qu'ils envisagent pour les résoudre.

Léonard n'aimerait pas que Thérèse, sa bien aimée, soit dans les mêmes souffrances que beaucoup de femmes de conditions modestes. Pour cela il est prêt, lui, à se sacrifier comme son père, sinon plus que lui, pour la soulager de certains travaux. Il voudrait aussi que son propre niveau scolaire, ainsi que celui de sa femme, augmentent. Pour cela, ainsi que pour beaucoup d'autres personnes qui sont comme eux, il proposera à leur syndicat, quand celui-ci sera bien assis, d'organiser des cours d'enseignement général pour les familles d'ouvriers. Thérèse avait quitté le cours moyen deuxième (CM2) pour insuffisance de moyenne. Peut-être avec de tels cours, elle pourrait se remettre à niveau et passer le CEP. Il est sûr que sa femme en serait contente. En attendant que le syndicat puisse s'implanter et organiser de tels cours, Léonard proposerait à sa femme de faire des sandwiches et des gâteaux pour les vendre à la porte des usines ou à la cité ouvrière. Si les conditions sont favorables, elle pourrait même gérer un restaurant dans lequel viendraient manger les ouvriers. Ceci pourrait lui rapporter un petit revenu... Telles sont déjà des idées que Léonard mûrit, pour en discuter avec son épouse.

XVI

Quatre années ont passé depuis le mariage des deux jeunes gens. De leur union est né un enfant, qui est à présent âgé de deux ans. C'est un garçon bien portant et déjà vif, du nom de Romain. L'accouchement de l'enfant s'est passé sans difficulté dans une maternité de Kira, avec l'assistance de Sabine et de la mère de Thérèse. La jeune mère a ensuite séjourné pendant trois mois chez les Bitirga, puis trois autres mois dans sa famille avant de rejoindre son mari. Léonard a mis à profit ces six mois d'absence de sa femme pour chercher un meilleur logement à Zado. Là, elle et son bébé sont bien entretenus par une multitude d'ouvriers et de leurs femmes. Beaucoup d'entre eux viennent avec des cadeaux. Ils jouent avec l'enfant. Thérèse en est sincèrement touchée. Je souhaite que Sylvain et Maïmouna puissent aussi se marier et que nous nous retrouvions, pense-t-elle par moments.

L'union de Sylvain et de Maïmouna a été très difficile. Deux obstacles ont dû être levés : d'abord la différence de religion n'était pas acceptée par les oncles de Maïmouna, qui ont exigé que Sylvain se convertisse à l'islam avant d'épouser leur fille. Ensuite (et c'est peut-être ce qui a fait fléchir les oncles de leur position), Maïmouna est tombée enceinte et la grossesse n'a été révélée qu'à deux mois. Pour que les deux jeunes se marient, il a fallu que les parents de Sylvain fassent de longues démarches pour s'excuser auprès de ceux de Maïmouna. Sylvain a dû se convertir à la mosquée pour que le mariage religieux ait lieu, suivi du mariage légal. À toutes ces occasions, Léonard et Thérèse ont été solidaires de leurs amis. Ils ont été tous deux contents que leurs deux amis se soient mariés. Ainsi le groupe restera toujours uni. Maïmouna n'a pas encore accouché. Elle vit avec son mari dans une cour située à cinq cent mètres de chez elle, cour que Sylvain a pu construire avec l'aide de ses parents. Une fois, Léonard a envoyé une commission chez lui par son frère Gaston.

Gaston a pu épargner de l'argent pour passer un permis de conduire de véhicules poids lourd. Il a ensuite cherché et loué un taxi, qu'il conduit dans la ville de Kira. Par moment, il vient voir Léonard et sa femme à Zado. Il a trouvé une amie du nom de Solange, avec laquelle il compte fonder un foyer ; c'est une marchande de fruits et légumes, dont l'étal est situé à l'opposé de chez les Bitirga, au côté nord de la ville de Kira. Sa famille est chrétienne et habite non loin de son étal. Ils se sont rencontrés lors des funérailles d'Henri, quand Gaston, envoyé chez un grand-père, s'est arrêté à son étal pour acheter des bananes.

Les funérailles d'Henri ont eu lieu un an après son décès. Elles ont été légères à cause de la jeunesse du défunt. Elles ont réuni toute la grande famille Bitirga, les amis et connaissances de la famille ainsi que les beaux-parents. Quelques ouvriers proches de Léonard sont venus de Zado pour le soutenir. Une messe de requiem a été demandée pour le même jour par la famille, mais plusieurs incidents se sont produits. Certaines pratiques funéraires ont été condamnées par les représentants de l'église, qui ont failli annuler la messe, en qualifiant ces coutumes de « pratiques sataniques ». Un compromis a été trouvé, ce qui a sauvé les deux cérémonies. C'est David, le fonctionnaire retraité, qui a beaucoup œuvré pour obtenir le compromis.

David, après sa retraite, a obtenu un vaste terrain au nord de Kira, à la sortie de la ville, où il a aménagé une ferme. On y trouve de la volaille, des moutons, des chèvres et même quelques têtes de bœufs. Il a employé un personnel pour l'entretien de la ferme, et pour l'élevage des bêtes. Lui même y consacre la plus grande partie de son temps. Il y a invité une fois son frère Paul Bitirga pour passer une journée de dimanche.

Le vieux Bitirga est à présent très fatigué. Il a cédé une partie de ses champs de Tengandé à son fils Albert qui est devenu un vigoureux adolescent. Ils y sont deux à cultiver, les deux frères d'Albert étant occupés. Grâce à l'argent que Léonard lui envoie, le vieux paysan a pu acheter cinq moutons qu'il laisse attachés non loin des champs et les surveille jusqu'à leur retour de Tengandé. Telles sont les nouvelles de Saint Dénis, au moment où Léonard est devenu un vrai leader d'ouvriers dans l'usine SIFAC de Zado.

XVII

...

L a classe ouvrière ne peut être sauvée que dans le socialisme. C'est un système politique où la classe ouvrière est aux commandes de l'État, grâce à son parti, exerçant une dictature contre les bourgeois exploiteurs, gouvernant pour ses intérêts, pour ceux des paysans pauvres ainsi que pour ceux de toutes les autres couches aujourd'hui exploitées et opprimées ; c'est seulement par cette façon d'organiser la société que le travail retrouve pleinement sa valeur. Le système capitaliste a dominé et continue de dominer le monde depuis plus de deux cents ans. C'est un système d'exploitation de l'homme par l'homme, d'exploitation de milliers et de milliers d'ouvriers et de tous les peuples du monde par quelques individus qui possèdent les richesses et les moyens de production.... Ces paroles du vieux syndicaliste sont écoutées avec attention par Léonard. Assis parmi une trentaine d'ouvriers venus de divers chantiers et usines du pays, le brillant orateur dirige une formation organisée par la centrale syndicale à l'intention des délégués et responsables de comités d'usines et d'entreprises. Il prend une gorgée d'eau et poursuit :

Marx et Engels en leur temps, puis Lénine et Staline, ont démasqué point par point tous les complots de la bourgeoisie capitaliste contre le prolétariat et tous les peuples du monde. C'est grâce à eux que nous comprenons aujourd'hui les mécanismes d'exploitation du travail des ouvriers. Au début, les capitalistes accumulent beaucoup d'argent, souvent par la ruse, le vol et la violence, contre les peuples travailleurs. Ils profitent du développement de la science pour faire grossir leurs affaires, comme ils le font aujourd'hui par internet. Ainsi ils construisent des usines, des sociétés et entreprises, commandent des machines, placent de l'argent dans l'agriculture ("agro-business") etc., pour faire travailler les ouvriers et d'autres travailleurs de tous niveaux. Les salaires que nous recevons de nos patrons ne représentent peut-être que la moitié de la valeur du travail que nous fournissons pour produire. C'est la moitié non payée qui fait le bénéfice des capitalistes. C'est un vol déguisé aux yeux des travailleurs. Mais ce n'est pas tout. Pour augmenter ce bénéfice, ils augmentent comme ils veulent les prix sur le marché, et nous font travailler plus, pour les mêmes salaires. C'est ainsi qu'ils nous obligent à accepter des heures supplémentaires mal payées ; qu'ils augmentent parfois la vitesse des machines ou la productivité grâce à la science ou, si les travailleurs laissent faire, ils diminuent les salaires. À nous de nous organiser pour arracher de meilleurs salaires et de meilleures conditions de vie et de travail, ce qui passe par la diminution de leurs bénéfices. Voilà pourquoi les intérêts de la classe ouvrière et ceux des capitalistes sont opposés, et la lutte qui oppose les ouvriers aux capitalistes ne peut pas être toujours pacifique. Elle peut devenir violente, car les capitalistes n'acceptent jamais d'eux-mêmes de perdre de l'argent.

Les capitalistes ont pour eux le gouvernement, la justice et les lois actuels. L'armée et la police leur appartiennent et les protègent dans l'exploitation de notre travail ; Certains religieux se chargent de nous endormir pour que nous acceptions ce vol. La plupart des chefs coutumiers et religieux qu'ils achètent, ainsi que les marabouts et divers charlatans maintiennent les paysans, nos principaux alliés, dans l'obscurité. Ils utilisent le fait qu'ils ignorent totalement leurs droits, qu'ils ne savent ni lire ni écrire, leur misère qui ne leur permet, ni de s'alphabétiser ni de s'instruire, pour les tromper. Contre les intérêts de la classe ouvrière, c'est un puissant système, sans pitié, intelligent et mondial, qui est mis en place depuis des centaines d'années. Et ce système utilise toujours plus la science qui se développe. C'est pourquoi il faut que vous regardiez plus loin, plus large et plus en profondeur les petites grèves que nous menons. Ce n'est pas une lutte qui se passe seulement dans notre pays, ni une lutte pour les seuls ouvriers, ni encore une lutte pour les seuls salariés. Cette lutte concerne toute la société, toute la vie du travailleur et toute la classe ouvrière dans le monde entier. Les ouvriers connaissent les mêmes problèmes dans beaucoup de pays. Notre lutte doit aller jusqu'à la disparition des classes exploiteuses, puis des classes sociales tout court. Les revendications de salaires, les grèves, les marches ou sit-in, ne suffisent pas pour libérer la classe ouvrière de ses chaînes. Il faut que les travailleurs posent aussi des revendications politiques, l'exigence des libertés démocratiques par exemple, et mènent des batailles pour les faire aboutir. Il faut que la classe ouvrière ait son propre état major politique, un parti révolutionnaire, seul capable de défier l'État des capitalistes, de prendre le pouvoir politique et libérer tous les travailleurs ….

Pendant le discours du vieux syndicaliste, Léonard l'écoute en l'observant comme devant un écran de cinéma. Les yeux du militant révolutionnaire brillent comme du feu. Son poing droit fermé se lève par moment pour accompagner chaque appel au combat, et il balaie toute l'assistance du regard. Bientôt il finit son discours et donne la parole à l'assemblée pour s'exprimer. Léonard lève le doigt et pose une question :

Les capitalistes sont trop forts pour nous. Comment la classe ouvrière peut-elle triompher dans ce combat ?

D'abord il faut être courageux et je suis sûr que vous l'êtes, répond le formateur. Ensuite il faut l'unité, la solidarité, une organisation efficace, et la détermination dans le combat. Notre victoire est possible. C'est une question de sacrifices, d'organisation, d'intelligence, de nombre et de justesse de la lutte. Pensez-vous que l'agression barbare que le patronat a organisée contre nos deux camarades de la SIFAC pour effrayer les ouvriers est à leur avantage ? Non et non ! Bien au contraire, cette agression a augmenté le courage de nos camarades ouvriers, renforcé leur solidarité et montré aux yeux de tous ceux qui hésitent encore, la nature inhumaine, bestiale et féroce du système capitaliste. Cet événement a encore renforcé nos organisations ouvrières. La faiblesse des ouvriers peut devenir une force colossale capable de balayer la puissance des capitalistes. Le prolétariat l'a déjà prouvé en Russie en mille neuf cent dix sept sous la direction de Lénine. Cette grande lutte sert d'exemple à toute la classe ouvrière du monde entier.

Comment seront les travailleurs sous le socialisme ? Et les conditions des femmes ? demande Berthe, représentante de la CPC.

Les travailleurs seront comme des frères. La classe ouvrière sera le maître de l'État et de l'outil de production. Elle pourra donc trouver et imposer le travail à tous et un salaire juste. Il n'y aura ni mendiant, ni personne laissée à l'écart. Chacun travaillera selon ses capacités et recevra le fruit de son travail. Il n'y aura pas de place pour les injustices sociales. Les richesses seront réparties comme il faut. Les travailleurs seront libérés de toute forme d'exploitation et ils pourront se donner avec joie pour le progrès social véritable. Les femmes seront libérées de tous les obstacles à leur émancipation, et participeront, à égalité aux côtés des hommes, à la construction de l'économie socialiste. Il y aura partout des maternités, des crèches, des cuisines collectives pour les libérer du travail domestique, afin qu'elles puissent participer pleinement à la production de biens sociaux et s'épanouir comme les hommes. L'équité et l'égalité en droit seront partout instaurées et les différences de salaires selon le sexe seront interdites, de même que les conditions de travail nuisibles à l'organisme féminin. C'est le système où la femme se sentira vraiment considérée.

Le vieux syndicaliste continue de décrire le régime socialiste pendant vingt minutes en parlant des salaires, des rapports entre travailleurs et chefs dans la production, de la lutte contre les bourgeois capitalistes et leurs complices qui voudront ramener l'ancien régime, de la défense du pays contre les attaques extérieures, etc. Il termine en disant : Voici ce que nous enseignent les grands éducateurs du prolétariat. À l'écouter, on se croirait déjà en régime socialiste. Le délégué de la SOEL demande :

Dans notre pays à l'heure actuelle, la situation est très compliquée, et on n'y comprend rien. Il y a les gens du pouvoir, les partis politiques qui ont toutes les couleurs, les associations de la société civile, de nombreux syndicats de travailleurs, qui parfois ne s'entendent pas. Certains sont qualifiés de « partisans du tout ou rien », d'autres de « coopératifs », etc. Certaines organisations ont totalement confiance aux jeux et règles démocratiques dirigés par le gouvernement. Elles ont un espoir de changement politique par un changement d'hommes par les urnes ; d'autres veulent un changement de tout le système politique, économique et social par un changement révolutionnaire, etc. Comment s'y retrouver…

Je vous demande de me suivre attentivement pour mieux me comprendre. Je vais représenter la situation politique dans de nombreux pays, dont le nôtre, par le schéma suivant. (Il se lève et écrit « K XYZ » au tableau et explique). Pour prendre des richesses pour lui dans le pays, K met l'équipe X, Y et Z dans cet ordre à la tête de l'État. Comme il est riche, il soutient et finance leurs campagnes, triche au besoin ou fait de la violence pour qu'ils gagnent. Si ça ne va pas pour le pays, la population se plaint et demande le changement. Alors, certains proposent de changer l'ordre en faisant YXZ. Certains proposent de couper et jeter Y ou Z, et d'amener d'autres personnes autour de X ; enfin, une troisième catégorie de gens propose que l'on mette une autre équipe ABC en remplacement de XYZ pour s'entendre avec

K. Ils appellent cela l'alternance. Qu'est-ce que vous dites, vous ?

Rien de tout cela n'est la solution, disent plusieurs personnes. Il faut couper totalement avec le système qui permet à K de mettre ABC ou XYZ à la tête de l'État, et prendre le système qui permet à la population de choisir elle-même ses dirigeants.

Ceci n'est possible que si le parti du prolétariat révolutionnaire prend le pouvoir. Eh bien ! Vous seriez qualifiés de « partisans du tout ou rien ». Les autres seraient « coopératifs », seraient de « bons citoyens » qui œuvrent pour la « paix » dans notre pays, etc. M'avez-vous compris ?

Oui, répondent plusieurs délégués, dont celui de la SOEL qui a posé la question.

Le prolétariat et les autres couches du peuple travailleur veulent un changement révolutionnaire, ils veulent la révolution. Et il faut travailler et lutter courageusement pour cela, sans négliger notre lutte de chaque jour pour de meilleures conditions de vie et de travail. Il existe des documents qui expliquent toutes ces questions. Je vous encourage à les étudier pour mieux comprendre…

Après quelques questions plus pratiques sur la mobilisation des ouvriers, sur les revendications, sur les cotisations, etc., la formation prend fin avec la chanson « Solidarité ». La joie se lit sur tous les visages.

Léonard semble tomber du ciel. Avec la lutte syndicale, il découvre beaucoup de choses qui ne sont pas enseignées à l'école. Il comprend à présent pourquoi le gouvernement, le patronat, les gens du pouvoir prêchent l' « apolitisme » des syndicats et y tiennent? Il promet de rechercher et lire les livres qui traitent de ces questions pour comprendre encore mieux. Ces livres ne se vendent pas sur la place du marché. Seraient-ils interdits par les puissants du moment ? En tout cas avec le vieux délégué syndical, il pourra se renseigner. En attendant, il faut qu'il réfléchisse beaucoup à ce qui a été dit, pour comprendre ce qu'il voit et ce qu'il vit.

XVIII

L éonard, j'ai peur… peur pour nous, dit Thérèse à son mari, qui est assis dans un fauteuil, l'enfant sur les jambes.

Peur de quoi ? Explique toi, je ne comprends pas.

Ton engagement dans le syndicat peut nous attirer des malheurs.

Vois tu une autre solution pour défendre et améliorer nos salaires d'ouvriers, pour vivre mieux?

Reste hors des syndicats. Même si les salaires ne sont pas suffisants, contentons nous-en et prions Dieu. Il peut nous aider à bien vivre. Votre lutte est trop dangereuse, et vous n'avez aucune force contre les patrons. Vous ne pouvez rien changer. Bien au contraire, ce sont eux qui auront le dessus et ne vous pardonneront pas votre désobéissance. Surtout toi qui est devant…

Ne vois pas seulement des problèmes ma chérie. Vois aussi la possibilité que notre lutte nous donne une vie meilleure. C'est vrai que un à un nous n'avons pas de force. Mais sache que unis, nous devenons forts et faisons peur aux patrons. Voudrais tu que nous nous laissions exploiter jusqu'à la fin de notre vie, sans la moindre possibilité d'améliorer notre sort ? Et nos enfants ? Que deviendront ils ? Regarde ton petit Romain, si vif, avec des yeux innocents… Lui et beaucoup d'autres de sa génération attendent beaucoup de nous, et nous en voudraient de n'avoir rien fait pour leur assurer un meilleur avenir.

Je sais qu'il faut lutter pour une vie meilleure. Mais quelle lutte ? Il faut éviter les luttes dangereuses qui peuvent nous attirer des ennuis. Je pense qu'en travaillant et en priant beaucoup, Dieu peut nous donner ce que nous voulons.

Sais tu que depuis des centaines d'années, c'est justement des illusions brandies aux yeux des gens pauvres pour qu'ils restent dociles, et se laissent voler tranquillement le fruit de leur travail ? Penses-tu que le travail et la prière seuls suffisent pour améliorer notre sort et assurer un avenir pour nos enfants ? S'il en était ainsi, nos parents vivraient aujourd'hui comme dans un paradis. Eux et nos grands parents ont passé toute leur vie à travailler dur, honnêtement, et à prier Dieu. Je me souviens que mon père et ma mère ont travaillé dur, ont prié beaucoup à l'église pour que je puisse continuer mes études, mais sans succès. Pourquoi veux tu que nous restions toujours pauvres, toujours exploités comme des esclaves, sans pouvoir réagir ? Je pense que ce n'est pas là un fait de Dieu mais des hommes et du Diable. Bien au contraire, les écritures saintes enseignent de lutter pour la justice entre les hommes.

Eh, Léonard !... (Elle se met à rire). On ne peut pas te convaincre.

Montrons nous des hommes et des femmes dignes. Acceptons de lutter avec tous les risques, pour améliorer notre sort et celui des autres, pour barrer la route à toutes les injustices faites à nos braves travailleurs. Nos parents et grands parents, qui n'ont plus de force, ne sont pas mécontents de nous voir réagir enfin contre ce qui les a maintenus dans l'ignorance et la misère, durant des dizaines d'années ; nos enfants et petits-enfants qui attendent beaucoup de nous, seront fiers lorsqu'ils diront un jour avec amour : Mon père, ma mère, mes grands- parents ont vraiment lutté pour nous ! Vous les femmes, qui souffrez encore plus que les hommes, toute notre société, notre beau pays… tous, nous avons besoin de liberté et de bonheur. Et la liberté a un prix à payer. C'est ce prix que tu ne veux pas qu'on paye ? Non. Je crois plutôt que c'est bien de réagir. C'est cela que Dieu aime.

Tu dis beaucoup de choses à la fois. Où as-tu appris toutes ces idées ? À l'école ? Dans ton travail ? Dans le syndicat ? J'avoue que ces idées me font réfléchir...

Je les ai apprises dans la vie, et surtout dans mon syndicat grâce à mon petit séjour à l'école. Je te laisse réfléchir à toutes ces questions, mon amour. Un jour nous en reparlerons. Peut-être qu'après avoir bien réfléchi, tu me donneras raison et même t'engageras toi-même comme tu peux à lutter comme nous pour la justice. Habille-toi pour qu'on aille rendre visite à des amis. Nous réserverons aujourd'hui une surprise à Camille et à sa femme.

Léonard se remet à jouer avec son petit enfant, pendant que sa femme apprête sa toilette.

XIX

très tôt ce matin, une mauvaise nouvelle fait le tour des usines, des entreprises et des chantiers : Le vieux délégué syndical a été arrêté par la police vers trois heures du matin, et amené à une destination inconnue. Sa maison, entourée de policiers, a été fouillée et rien de grave n'a été trouvé chez lui. Aussitôt à l'appel de leurs syndicats, tous les ouvriers de la SNIB, puis de toutes les usines de Zado, ont arrêté le travail et cherchent des nouvelles. Ils veulent savoir la conduite à tenir. La centrale syndicale a envoyé des délégués dans chaque usine de Zado pour dire ce qu'il faut faire : tout le monde doit « débrayer », en attendant que la centrale ait des nouvelles sur le lieu de détention de leur camarade, ses conditions de détention, les raisons de son arrestation. Des informations précises seront communiquées aux ouvriers.

Léonard, Camille et leur bureau du comité syndical, rassemblent les ouvriers de la SIFAC pour communiquer les directives de la centrale. Un comité de vigilance est monté pour surveiller les allées et venues des patrons, et d'éventuels traîtres qui tenteraient de travailler. Toute la zone industrielle de Zado est paralysée. À Kira, des véhicules de police vont et viennent dans les rues de la ville pour surveiller les sièges des syndicats et des partis d'opposition, les attroupements et les allées et venues des travailleurs. Certains religieux courageux qui osent parler clairement du caractère injuste de l'arrestation sont inquiétés. La police a menacé M. l'Abbé Patrice à la paroisse de Tögssida ainsi que l'imam d'une mosquée. Ces religieux ont, dit-on, dénoncé l'injustice sociale et l'arrestation du vieux syndicaliste dans leurs prêches aux fidèles.

Vers neuf heures, un papier de la centrale syndicale est distribué aux travailleurs. Il dit que le vieux syndicaliste est détenu à la direction nationale de la sûreté. Il dit que la police est en train de l'interroger et qu'on lui reproche d'« inciter les citoyens à la révolte contre l'autorité de l'État ». Le papier s'élève contre cette accusation, et exige la libération immédiate et sans condition du délégué syndical. Il appelle à une grève générale dans tout le pays, et à une marche jusqu'à la Direction nationale de la Sûreté à Kira, pour obtenir sa libération. Le papier invite enfin chaque travailleur à rester mobilisé et vigilant et se termine par des slogans.

Léonard et Camille, qui connaissent personnellement le vieux syndicaliste, se montrent particulièrement dynamiques. Il lisent et commentent les informations reçues. Ils révèlent aux ouvriers que c'est suite à la session de formation des délégués et responsables syndicaux animée par le vieux délégué syndical, que celui-ci a été arrêté. Cette réaction du pouvoir politique et du patronat montre toute l'importance de ce qu'ils ont appris à la session de formation syndicale. C'est là une preuve que la bourgeoisie capitaliste et le gouvernement veillent à ce que les ouvriers ne comprennent rien de la lutte syndicale, et surtout des questions politiques. C'est aussi une preuve vivante que ce que les grands éducateurs du prolétariat ont enseigné depuis des centaines d'années reste vrai jusqu'aujourd'hui. Mais comment ont-ils appris ce qui a été dit dans la formation ? Leur salle était-elle mise sous écoute téléphonique, ou y avait-il un agent de police infiltré dans la session ? Ceci leur fait déjà tirer deux leçons : premièrement, les libertés démocratiques, comme celle de se former sur les luttes syndicale et politique n'existent pas réellement pour la classe ouvrière dans ce pays, et il faut se battre pour cela ; ensuite il faut être vigilant pendant les sessions de formation véritablement révolutionnaires, car elles ne sont pas du goût du patronat et de la bourgeoisie capitaliste, et peuvent être espionnées par l'ennemi de classe.

À quelques minutes de la grande marche décidée par la centrale, des travailleurs venus de tous côtés vont à la bourse du travail de Kira. La place est pleine de monde. La façade du grand bâtiment porte une longue banderole rouge frappée de l'emblème de la centrale. Debout sur une table, et devant un microphone, le premier responsable de la centrale prend la parole :

Bienvenue à tous, camarades ! Bienvenue dans ces circonstances douloureuses où le gouvernement et le patronat nous ont encore porté une gifle. D'un niveau de formation syndicale élevé des travailleurs, ils n'en veulent pas... D'ouvriers combatifs et de responsables éclairés, ils en ont horreur et pour cause ! Ils veulent continuer à exploiter notre ignorance et notre dévouement sans limite au travail, ce qui leur permet de multiplier des bénéfices sur notre dos. Voici pourquoi notre camarade a été arrêté. Ils veulent mettre fin au précieux travail que notre camarade fait pour éveiller la conscience des ouvriers. Et pour cela, ils n'ont pas hésité à marcher sur les droits des citoyens, écrits dans leurs propres textes. Leur loi interdit des perquisitions sans mandat, des arrestations à des heures tardives de la nuit, et nous autorisent des sessions de formation. Peut-être voudraient-ils que pendant ces sessions, on ne vienne que pour se dire bonjour et se raconter la pluie et le beau temps ? Peut-être que, comme certaines organisations le font, ils veulent que nous ne nous rassemblions que pour manger, boire, faire de beaux discours et chercher de l'argent ? Nous savons ce que nous voulons, et nous n'irons pas contre nos intérêts... Mais arrêtons les discours car un problème urgent nous attend ! Il faut qu'ils fassent sortir notre camarade du cachot. Nous irons tous à la Direction nationale de la Sûreté pour exiger sa

111

libération… Que la marche commence ! Mettons nous en rang et dans la discipline, et ne répondons pas à la provocation. Nous occuperons la rue jusqu'à la Direction nationale de la Sûreté, et nous ne reviendrons qu'avec notre camarade ! (Applaudissements nourris de la foule). Des membres du Bureau exécutif de la centrale avancent et se mettent à la tête d'un cortège de plusieurs milliers de travailleurs, et le défilé commence. Criant des slogans, qui condamnent l'injustice sociale, qui exigent la libération de leur camarade détenu, et dénoncent les violations répétées des libertés démocratiques et syndicales, la longue file des travailleurs arrive devant la Direction nationale de la Sûreté, après trente cinq minutes de marche. Autour d'eux il y a un dispositif renforcé d'unités de la police fortement équipées en matériel anti-émeutes : talkies-walkies, casques, matraques, gilets pare-balles, canons à gaz, etc. Les responsables syndicaux sont dans l'attente de voir le Directeur général de la Sûreté. Soudain, ordre est donné de disperser la foule. Des canons de gaz lacrymogène tonnent de tous côtés, tirés sur les marcheurs, blessant quelques-uns d'eux, dont un responsable syndical. Des groupes de travailleurs se replient et affrontent les policiers avec des jets de pierres. Ceux-ci chargent et poursuivent des manifestants pour les arrêter. De justesse, le comité d'ordre de la centrale réussit à empêcher l'arrestation de deux responsables du bureau exécutif, qu'un groupe de policiers poursuivaient, décidés à les attraper. Devant les magasins, on voit les commerçants tirer les verrous de leur boutique. Des cris fusent de partout. Dans toute la ville, il y a des affrontements et la chasse à l'homme. Des bruits de sirènes de pompiers, d'ambulances et de véhicules de police se mêlent dans une cacophonie généralisée. Des passants s'enfuient au milieu de véhicules publics enflammés et des vitres brisées. D'autres se joignent aux résistants. Léonard, énervé par cette provocation de la police, organise un groupe de travailleurs qui prend position sur un pont, et coupe la rue en deux. Ils tiennent en respect et à distance, les agents de police. Léonard porte une blessure sans gravité sur sa main droite, blessure provoquée par un éclat de verre. Lui et ses camarades résistent sur le pont pendant trente minutes, en faisant pleuvoir des cailloux sur les policiers, avant d'en être chassés... Quand le calme revient, les groupes de travailleurs dispersés dans toute la ville reçoivent de bouche à oreille l'ordre de se rassembler très rapidement en un lieu secret, pour revenir à la charge. Quand les gens désertent les poches de résistance, la police croit que l'organisation des travailleurs s'est gravement affaiblie, et a capitulé...Erreur ! Rassemblés dans un jardin publique par on ne sait quel moyen, une masse importante de manifestants se dirige de nouveau vers la Direction nationale de la Sûreté, où les policiers se sont dispersés. La masse est rejointe par une foule de chômeurs, de petits commerçants et de petits artisans, d'élèves et d'étudiants, qui déferlent de toutes les directions de la ville, en interpellant bruyamment les passants. Une ambulance file à toute allure vers les quartiers sud de la ville pour ramasser des blessés. Visiblement dépassés et étonnés du nombre grossissant de manifestants, les agents de police s'affolent. Ils tirent en l'air en reculant devant eux. Certains sont obligés de s'enfuir devant la foule déchaînée. Partout on entend :

Libérez !...Libérez ! À la radio, le ministre de l'intérieur et de la sécurité appelle au calme, mais en vain. Enfin, c'est par milliers que les manifestants réussissent à se rencontrer sur la grande place de l'indépendance pour se diriger vers la Direction nationale de la Sûreté. La foule est deux fois plus nombreuse à la marche qu'avant le début de la répression, et ce ne sont plus seulement des ouvriers et des travailleurs salariés. Toutes les couches populaires de la ville se sont jointes au mouvement. Main dans la main et dans un ras-le-bol généralisé, elles demandent la libération immédiate du vieux syndicaliste arrêté. La police reçoit l'ordre d'arrêter les tirs de gaz lacrymogène. La grande foule se masse de nouveau devant la grande porte de la Direction nationale de la Sûreté et crie : Libérez notre camarade !...Libérez le ! Les responsables syndicaux qui s'étaient cachés en un lieu secret pour continuer à organiser et diriger le mouvement, refont leur apparition. Ils sont acclamés à leur passage par des cris et des applaudissements de la foule. Après quelques entretiens avec les autorités de la police, la porte du cachot central s'ouvre, pour laisser sortir le vieux syndicaliste, souriant et toujours déterminé. Alors éclatent des scènes de joie jamais vues : des jeunes gens dansent en chantant ; des ouvriers se serrent fort les mains et s'embrassent. À l'aide d'un porte-voix, le secrétaire général de la centrale demande à la foule de reprendre le chemin de la marche jusqu'à la Bourse du Travail. Un vigoureux chauffeur de tracteur d'une entreprise de Travaux publics soulève sur ses épaules le vieux syndicaliste, et se met devant le cortège sous les « Hourrah ! », les cris de victoire, et les applaudissements nourris de la foule. À son passage devant un groupe de femmes, celles-ci jettent en l'air leurs mouchoirs de tête en direction du vieux syndicaliste. Quarante cinq minutes plus tard, le cortège est à la Bourse du Travail. Monté sur la table qui était déjà dressée pour le meeting de la centrale, le détenu libéré s'adresse en quelques mots à la foule :

Merci camarades !...mille fois merci, pour cet élan de solidarité jamais vu dans notre pays. J'avais faim, mais vous m'avez nourri de cet élan ; j'étais seul au cachot, sans aucune communication mais vous avez prouvé aux puissants du moment que ceux qui luttent pour des causes justes ne sont et ne seront jamais seuls… Permettez moi de reprendre des forces à la maison, de retrouver ma famille inquiète, et de reprendre du souffle pour m'adresser à vous au grand meeting de la centrale prévu pour demain. Unis et déterminés, la classe ouvrière vaincra !le peuple vaincra ! (À ces derniers mots, il lève le poing de la victoire). Il est salué par des applaudissements nourris, des cris déchirants de gens émus et des slogans de diverses organisations ouvrières. Les membres du Bureau exécutif de la centrale donnent des informations sur l'état des blessés évacués à l'hôpital, le nombre de personnes arrêtées au cours de la manifestation, et relâchées dès la capitulation des forces de l'ordre, l'heure prévue pour le grand meeting de demain. Ils annoncent que des informations sur la reprise du travail seront données au meeting. Enfin ils invitent les gens à retourner chez eux, mais à ne pas baisser la garde, et à signaler tout incident qui se serait produit à la suite de cette épreuve. Ils quittent la Bourse du Travail sous les acclamations de la foule.

Léonard revenu chez lui raconte toutes les étapes de la lutte à sa femme. Il lui demande :

Tu étais inquiète pour nous ?

Oui. C'est normal. Veux-tu que je te dise quelque chose sur ton engagement dans cette bataille ? Depuis notre dernière conversation, j'ai beaucoup réfléchi. J'ai pris une décision courageuse et tiens à te le dire aujourd'hui…

Quoi ? (Léonard tend l'oreille, découragé et inquiet)

Je pense qu'effectivement il n'y a pas d'autre solution si nous voulons vivre libres et heureux, débarrassés des voleurs et autres exploiteurs. Je commence à comprendre ce pourquoi tu luttes. Je suis fière de toi. Tu n'es pas seulement un bon mari ; tu es aussi un ouvrier qui a décidé de marcher debout, en homme libre et social. Je serai à tes côtés quoiqu'il en soit.

Léonard sert fort sa femme dans ses bras. Les deux jeunes époux échangent un long baiser. Des larmes de joie coulent sur leurs joues.